女男爵(バロネス)の庭師(ガーデナー)

しそたぬき

富士見L文庫

Contents

Baroness's
Gardener

プロローグ

太陽の沈まぬ国。

世界各地に広がった領土の、どこかでは必ず太陽が姿を見せている。それほどに領土が広大なことを示し――多少のやっかみを含むことはあれ――、その国の繁栄を讃える言葉。

有史以来、幾つかの国がその言葉を頭上に冠してきた。実に誇らしげに。

だが、何にでも例外はある。現在の海洋を支配し、世界中に領土を広げているエルウィン王国だ。

もし、あなたがこの言葉をエルウィン人に贈ったなら――そこにどれだけの称賛が込められていたとしても――、彼らは柔和な笑みを引っ込め、激怒することだろう。なんてひどい皮肉なんだ、と。

太陽の通り道から北へ遠く離れた王国の本土エルウィン島は、一年の大半を灰色の雲が覆っている。沈まないどころか、滅多に太陽の姿すら拝むことが出来ないのだ。

諸国に先駆けて推し進めた近代工業化のお陰で、領土は広がり、生活は豊かになった。だが、主だった都市ではスモッグが発生。より太陽の姿を遠ざける結果になったのは、なんとも皮肉だ。

おまけに気候は冷涼で、植物にとって厳しい環境。だから、彼らの庭はいつもモノクロだった。

今や世界を席巻するエルウィン王国の人びとが、本当に望むもの。それは輝く太陽と、高く澄んだ青い空、そして花に溢れた庭だった。


サラは走っていた。

ここはエルウィン王国の首都リットン。綺麗に整備された街並みは美しく、通りは往来する人々で賑わっている。田舎育ちのサラにとっては、目に映るすべてが新鮮だった。その中を、サラは駆ける。足を踏み出すたび、長いおさげが大きく揺れた。

流れる汗を拭いながら、サラは田舎に暮らす祖母のことを考えていた。

(ばあちゃん、知っていますか？　リットンは凄いところです)

落ち着いたら、今日の出来事を手紙に書こうと思う。そして祖母に送るのだ。

(駅には蒸気で動く巨大な鉄の乗り物が並び、通りには人が溢れ、着飾った紳士淑女の皆さんをそこかしこで見ることが出来ます。そのせいでしょうか、残念ながら犯罪も多いです。少しでも荷物から目を離すと、あっという間に盗まれてしまいます。嘘ではありません。だから、ばあちゃんもリットンに来る際は気を付けて下さいね)

祖母へ宛てた空想の手紙を締めくると、サラはもう一度大声で叫ぶ。

「泥棒！　鞄、返して下さい！」

まさか首都に着いたその日に、ひったくりに遭うとは。自分の不運と不注意を呪いながら、サラは走る。前を走る泥棒を追いかけて。

盗まれたのは、旅行鞄。幸い、金銭の類は肌身離さず身に着けている。鞄に入っているのは、着古した衣類や生活用品。盗んでも大したお金になりませんよ、と泥棒に忠告したいくらいだ。

だからと言って、諦める事は出来ない。鞄にはサラが働くことになっている、雇用先への紹介状が入っているから。

(あれだけは、取り戻さないと)

必死で走ったおかげで、じわり、じわりと距離が詰まってきた。

サラの執念が実ろうとした時、横を運搬用の荷馬車が駆け抜けていった。前を行く泥棒は、その幌のない荷台にサラの鞄を投げ入れ、次いで自分も飛び乗る。馬の嘶きを残し、荷馬車は見る間にサラとの距離を広げていく。

一瞬、何が起こったのか分からなかった。ようやく状況を理解すると、大声で叫ぶ。

「ずるい！　仲間、いたんですか？」

あと少しというところまで追い詰めていただけに、落胆は大きい。なにより馬車を追いかけるのに、徒歩では無理だ。追い付くには馬車がいる。でも、そんなものどこに？

諦めかけたその時、頬に疾風を感じた。

「お困りのようだね、レディ。乗っていくかい？」

いつの間にか、サラの横を一台の馬車が並走していた。こちらは二頭立ての無蓋四輪馬車。これぞ神さまの助けだ!! 普段碌に祈りもしない神に向かって、サラはありったけの感謝を叫ぶ。

「ありがとうございます。ぜひ乗せて――」

高い位置にある御者席を目にした瞬間、サラの言葉も思考も停止した。そこにいたのが、純白のウエディングドレスを身に纏った少女だったから。眩しい笑顔と共に、こちらへ手を差し伸べている。

「？？？」

あまりに非現実的な光景。一瞬、自分が夢の中にいるのかと疑いたくなる。だが、焼けるような胸の痛みと息苦しさは、どう疑っても現実。

それでも数秒後には、サラはこの状況を受け入れた。深く考えるのは苦手だし、何よりここは花の都リットンだ。

（まあ都会なら、そういうこともあるよね）

それに迷っている時間はない。意を決して、その手を取る。思いがけず強い力に引き上げられ、御者席の隣に這い上がった。

「前の馬車を追って下さい。泥棒が乗っているんです」

「分かっている。しっかり捕まっていろ。飛ばすぞ!!」

少女が鞭を一閃。馬に気合いをつけるや、馬車は一気に加速。顔に当たる風が、途端に凶器に変わる。

「わわわわわわあっ!」

後ろへと猛スピードで流れていく自分の悲鳴を聞きながら、サラは再び祖母に語り掛ける。

(ばあちゃん、さすが花の都は一味違います。リットンではウエディングドレス姿の美しい少女が、なんと馬車を操るのです。しかも、猛スピードで!)

サラを乗せた馬車は、街中を風のように駆けていく。往来の人びとを脇に押しやり、立ち並ぶ露店を蹴散らし、邪魔な物は粉砕して進む。

もはや暴走だ。

馬車の上はといえば、天地もひっくり返るほど揺れる。どちらが前か後か、上か下かも分からない。振り落とされないよう縁にしがみ付き、胃の中からせり上がって来るものに必死で耐える。

「捉えたぞ!」

風の中で声を聞く。

気付けば泥棒の馬車に追いついていた。少女は馬車を、相手の馬車と並走させる。驚いたのは泥棒たち。顎が外れたかのように大口を開け、飛び出さんばかりに見開いた目でこちらを見た。気持ちはよく分かる。

少女は追撃の手を緩めない。巧みに手綱と鞭を操り、横付けした車体を、相手の荷台にぶつけた。衝撃で車体が持ち上がり、一瞬体が宙に浮く。お互いの車輪が軋み、引き裂くような悲鳴を上げた。

絡み合うようにして、二台の馬車は進む。相手も二人、こちらも二人。御者席の位置はこちらが高く、上と下で互いに相手を牽制し合う。

無言の睨み合いは、それでもすぐに破られる。最初に気付いたサラが悲鳴を上げた。

「ぎゃあああ、ま、前！」

進行方向に急カーブが迫っていた。この猛スピードでは、とても曲がれそうにない。カーブの先は、街を貫く巨大な運河。

「ま、曲がれるんですか？」

祈る気持ちで、隣の少女に怒鳴る。

「いや、無理だ」

無情にも祈りは一蹴された。

「ど、どうするんですか？　このままでは運河にドボンですよ？」

「確かに、海水浴には少し早いな。飛び降りよう」

「えっ⁉」

我が耳を疑うサラを他所に、少女は御者席の上に立つ。風に舞う長いドレスの裾をたくし上げるや、何の躊躇もなく飛んだ。

宙を舞う少女。太ももまで剝き出しになった、真っ白な足。驚きに満ちた泥棒の赤茶けた顔に、その膝がめり込むのを、サラは確かに見た。

少女と泥棒の一人が、転げるように馬車から落ちていく。残されたサラと、もう一人の泥棒の目が合う。サラの鞄を引ったくった奴だ。

その瞬間、珍しくサラの中に怒りのようなものが込み上げてきた。

馬車の席を蹴り、泥棒目掛けて、体ごとぶつかっていく。泥棒も反応していたが、サラの方が早い。もつれるように宙に投げだされた。視界が暗転し、天地が目まぐるしく変わる。

叩きつけられた衝撃と、固い地面を転がる感触。

手放しかけた意識を引き戻したのは、強大な破壊音。弾かれるように顔を上げると、水柱が見えた。カーブを曲がり切れなかった二台の馬車が、柵を突き破り、運河に飛び込んだに違いない。

我に返り、慌てて状況を確認する。体の節々が痛い。だが、どうやら無事のようだ。泥棒は、サラの下でのびていた。

「見事だ、レディ」

声の方向に首を捻(ね)じ曲げれば、目を回して倒れているもう一人の泥棒。そしてそれを踏みつけて、凛然(りんぜん)と見下ろす少女の姿。純白だったウエディングドレスは所々破れ、汚れてもいた。顔には無数の擦り傷。

それでも、その姿は輝いている。

出会って初めて、サラはその少女の顔をまともに見た。

スノードロップの花を思わせる白い肌をカンバスに、太陽の光を浴びて輝くマリーゴールドのような金髪、頬を薄くサルビアの朱に染め、タチアオイのような赤みを帯びた唇。そして何より目を引くのは青い瞳。その色だけは、どの花にも喩(たと)えることが出来ない。もしそれでも何かに喩えるとしたら、

(空の青だ。エルウィンの人が憧れてやまない、高く澄んだ青い空の色)

一つ一つのパーツが高水準。そしてそれらが完璧なシンメトリーで配置されていた。まるで整形庭園(フォーマル・ガーデン)のように。

「あ、あの……」

「おっと、どうやら今度は、僕の追手が迫っているようだ。これで失礼する。力になれなくて、申し訳ないね。縁があれば、またどこかで会おう。謝罪はあらためてその時にで

も」

そう言い残すと、少女はドレスの裾を翻す。

「な、名前を！」

何か言わなければと焦る気持ちが、なんとか震える声を絞り出す。振り向いた少女は、少し迷うそぶりを見せたが、すぐに太陽のように輝く不敵な笑みを浮かべた。

「僕は、バロネスだ」

そう言うと、少女は来たのとは逆方向に消えていった。一人取り残されるサラ。

――風のように去っていかれた。いや、文字通り嵐のような人でした。

急にずっしりとした疲労感が体を襲う。胸はまだドキドキしていた。だが、気分は悪くない。

「それにしても、謝罪って何のことだろう？　あっ！」

馬車と共に沈んだであろう鞄のことを思い出し、いまは穏やかな運河の水面を、サラは茫然（ぼうぜん）と見つめた。

第一章　女男爵とパセリ

「サラ！　サラ、どこです！」

「は～い、奥さま！」

呼ばれたサラは、急いでこの屋敷の夫人の元へ向かう。駆けつけたサラを見るなり、夫人は神経質そうな顔を強張らせた。

「なんです、ドタドタと足音を立てて！　屋敷の中では優雅に振舞いなさいと、いつも言っているでしょう！」

「あっ、申し訳ありません。少しでも早く駆けつけた方がいいかと思って、つい」

頭を下げるサラを見て、夫人はこめかみを押さえる。

「まあ、いいです。それより、サラ。あなた、また洗い物中にカップを割ったそうですね。しかも一度に二つも！　まあ、あなたはどうして毎度毎度……」

「お言葉ですが、奥さま。それは違います」

夫人の小言を遮り、サラはきっぱりと否定する。

「なんですって？　それじゃあ、あなたは自分がカップを割っていないと言うの？　嘘をおっしゃい！　ちゃんと他の使用人たちが見ていたんですよ！」

「いいえ、奥さま。あたしが割ったカップは、三つです！」

　どこか得意げに、サラは指を三本立てて見せる。しばし言葉を失った夫人だったが、はっと我に返り、急いで顔を引き締めた。

「サラ、いいですか。私はあなたに、あまりに失敗が続くことを不審に思っていました。考えたくはありませんでしたが、他の使用人たちから嫌がらせを受けているのではないか。そう思い、彼女たちを呼び出し、問い詰めました。果たして彼女たちは、嫌がらせを認めました」

「えっ、そうなんですか？」

　サラが思わず声を上げたのは、まったく身に覚えがなかったからだ。

「彼女たちは言いました。最初は軽い出来心だったと。ですが、食器を洗うあなたの目を盗み、皿を一枚割っても、その隣で手を滑らせたあなたは三枚の皿を床に落とす。わざと硬いベッドを宛がっても、あなたは何事もなく熟睡。しかもあなたの寝言で、他の使用人が眠れなくなる始末。食事の際には、あなたにだけ傷んだ食材を出したこともあるそうです。ですが、びくともせず。逆にあなたが作ったまかないを食べた使用人は、悉（ことごと）く寝込みました。いいえ、傷んでいたわけではありません。ただ不味（まず）かっただけです」

「し、知りませんでした」

「そうでしょうね。彼女たちは涙ながらに訴えるのです。これではどちらが嫌がらせをしているのか分からない、と。結果、あなたが凄（すご）いということは分かりました、いろんな意味でね」

「いや～、それほどでもないです」

「褒めてません！　掃除、洗濯、皿洗い、料理に裁縫……。どれも自信満々な素振りで取り掛かって、何一つまともに出来ないじゃない。一体、どういうことです？」

「はあ、ですが奥さま。だから、あたしは面接のとき、家事全般不得手だと申し上げたはずです」

「謙遜していると思ったんです！　ああ、慎みのある人なのね、などと少しでも考えた自分を絞め殺してやりたいわ！　まさか馬鹿正直に答えているなんて……。それにあなたの場合、不得手というレベルではありません。完全に『冬の庭（モルグ）』よ！」

　エルウィン島の冬は厳しく、閑散とした庭の様子は死体置き場に喩えられる。つまり、それほど酷（ひど）いと揶揄（やゆ）されたサラ。そうまで言われては、サラだって黙っていられない。

「す、素晴らしいです、奥さま！　確かにあたしの家事の腕前は『冬の庭』。まさに言い得て妙。今度からそう答えるようにいたします！」

「感心するところではありません！」

　怒り出すどころか、本気で感心するサラ。夫人は思わず天を仰ぎ、神に救いを求める。

「奥さま、安心して下さい。ものは考えようです。あたしの家事の腕前は、これ以上悪くなりようがありません。だからあとはもう、上達するばかり。すぐに一人前になってみせます」

「何事にも前向きなのは素晴らしいことよ。だけど、あなたが一人前になる頃、我が家の食器棚は一体どうなっているでしょうね？」

「きっと『冬の庭』です」

がっくり項垂（うなだ）れる夫人。あまりの落ち込みぶりに、サラは心配になり駆け寄る。だが、手を上げて制された。

「サラ、一つお願いがあるの」

「はい、何なりと」

「ありがとう。じゃあ、お願い。もう今日でここを辞めてくれるかしら？　とても私の手には負えないわ」

「はあ〜、またクビになってしまいました」

公園のベンチに座り、サラは一人ため息を吐（つ）く。

住み込みで働いていた屋敷を追い出されたのだ。今夜からは寝る場所もない。春から初夏に移ろう季節。外で寝ても凍えることはないだろうし、田舎の山では何度も野宿を経験している。手元の資金も心許ない。それでも、出来ることなら粗末でもベッドの上で、シーツに包まって眠りたい。

宿を探そう、とは思うものの億劫だ。気持ちと体は重く、財布は軽い。気付けば近くにあるこの公園に足が向いていた。

サラが庭師になることを夢見て、田舎から遠くリットンに出てきたのは一年前。だが、いまだ決まった職につけずにいた。

思い返せば一年前、リットンに到着したその日に、衝撃的な事件に遭遇。あれが不運の始まり。結果、働き先への紹介状をダメにしてしまった。

紹介状は、サラの祖母が書いてくれたもので、宛先は知り合いのお屋敷としか聞いていない。紹介先の住所も一緒に失くしたため、そこでの就労を諦めることに。

それでもサラは楽観していた。

「まあ、何とかなりますよ」

翌日から早速、職業斡旋所に通って仕事を探した。希望は住み込みで、三食付き、そして庭師だ。しかし、これが見事なくらいに、ない。

『はっ、庭師⁉　女が庭師になんかなれるわけないだろ？』

『庭師は力仕事なんだ。細腕の小娘に出来るわけないだろ？』

『そもそも庭師は、使用人の中でも格式が高いんだ。お前のような田舎者の、しかも女を庭師として雇う屋敷なんてないよ』

けんもほろろである。

「ばあちゃんの言った通りでした」

サラの口からまた、ため息が零れた。

仕方なく、一旦庭師を諦め、すぐに働けるところを探した。兎にも角にも、当面の糊口を凌ぐ必要があったから。庭師以外の仕事はそこそこあった。リットンでは産業の発展と共に、人口と生活水準が急激に上がっている。そのため家内使用人の需要が増え、慢性的に不足しているらしい。

サラも幾つかの働き口を見つけられた。

だが、結果は散々だった。最長で三か月、最短でその日に解雇を言い渡される惨状。むしろ二か月以上続いた今回は、よく持った方だ。あの奥さまは実に忍耐強い人だった。サラのせいで、気の毒なことをしたと思う。

まともに働けない自分が悪いのだが、さすがにサラだって凹む。サラは凹むと、よくこの公園に足を運ぶ。

土地も、建物も足りないリットンにも公園はある。ささやかな木々や草花が植えられ、あくせく働く労働者たちの欠かせぬ癒しの場となっていた。都市では貴重な緑を求める多くの人で、いまも賑わっている。

　だが、木々より高い建物に四方を囲まれた公園は、どこか閉鎖的で、サラには息苦しく感じる。それでもここは、サラが都市で見つけられた唯一の心安らぐ場所。多くの労働者と同じように。

「都会は、緑が少ないなあ……。いつもだったら庭の空気を胸いっぱいに吸い込んで、ばあちゃんの料理をお腹いっぱい食べれば、すぐ元気になれるのに」

　だがいまは、そのどちらもサラの周りにはない。

　田舎に帰ろう、とは何度も考えた。田舎に帰って、ばあちゃんにもう一度紹介状を書いてもらえばいい。だが、サラは躊躇った。ばあちゃんはサラがリットンに行くことを、ひどく心配していた。田舎で自由気ままに育った孫が、何かと窮屈な都会で果たしてやっていけるだろうかと。

　そんな祖母に、サラは力強く胸を叩いてみせた。「大丈夫！　心配しないで」と。ようやく浮かんだ安堵の笑みを、サラはよく覚えている。

　あの時のばあちゃんの顔が、サラに田舎へ帰ることを躊躇わせた。

「もう少し、頑張ってみるよ」

　そろそろ日が暮れようとしていた。

　公園からの帰り道、サラは花を買った。名もない白い小さな花。

　花を見つめながら、サラは祖母の言葉を思い出していた。

「もしあなたがパンを二つ、買うお金を持っていたなら、パンを一つと花を一輪買うとよいでしょう。パンはお腹を満たし、花は心を満たしてくれるから。本当だね、ばあちゃん」


「あんた、また来たのかい？」

「はい、また来てしまいました」

サラは申し訳なげに頭を掻く。

翌朝、職業斡旋所に顔を出すと、すっかり顔なじみになったおかみさんに声を掛けられた。短い会話で事情を察したらしく、おかみさんはため息と共に新聞の束を差し出す。礼を言って、受け取る。

「今日は赤ですね。綺麗に咲いています」

窓際に目を向けながら、おかみさんに声を掛ける。鉢植えのゼラニウムが、鮮やかな赤い花を揺らしていた。

「ああ、まあね」

おかみさんの返事は素っ気ないが、満更でもなく思っていることがサラには分かる。自分が丹精込めて咲かせた花を褒められて、喜ばない園芸家はいない。

この斡旋所の窓辺には、いつもゼラニウムの鉢植えが飾られている。

初めてここを訪ねた時、そのことが妙に嬉しかった。だから、その気持ちをそのまま伝えると、おかみさんはひどく驚いていた。

「そんな大したことじゃない。どこにでもある花さ」

目を丸くして、今日のようにそっぽを向いてしまった。それでも覗いた横顔。その耳は、ほんのり赤かった。

ゼラニウムは、エルウィン島の窓辺を飾る花として欠かせない存在だ。乾燥に強く、育てるのに手間がかからない。そのうえ花色も豊富で、四季咲き性が強いのもポイントだ。確かに珍しい花ではないし、街を歩けば所々で見かける。だが、この窓辺に飾られていることが、サラは嬉しいのだ。

その日の仕事を探す人が詰めかけ、ややもすると空気が暗くなりがちな職業斡旋所。ゼラニウムの鮮やかな花があるだけで、なんと晴れやかな気分になることか。サラと同じように、窓辺の花に癒されている人は多いと思う。

(それに……)

白、赤、ピンク、紫……、来るたび花の色は変わっていた。こまめに鉢植えを取り換えている。そのおかみさんの心遣いが、サラは嬉しかった。

まだ朝早い時間帯。鉢植えがよく見える窓辺に席を取る。それから新聞を広げ、求人欄を一つ一つ見ていく。

仕事の求人依頼には、斡旋所に直接来るものと、新聞に掲載された不特定多数に向けたものがある。

おかみさんが前者の求人を、サラに紹介してくれたことはない。まあ、当然だと思う。依頼を受けた斡旋所には、雇い先への責任が伴う。つまり、信頼出来ない人間を紹介することは出来ないし、サラは信頼出来る働き手ではない。

「う～ん」

新聞を睨み(にら)ながら、サラは唸(うな)った。紙面には実に様々な求人依頼がある。仕事内容だけが書かれたものもあれば、経歴やスキル、容姿や癖まで細かな条件が載っているものもある。中には特定の特徴をもつ死体を募集している求人も。

「これを求人と言っていいのでしょうか？　いや、死体も人といえば人。死んだ人にだって働き口があるんです。あたしだって」

兎にも角にも、多くの雇い主がさまざまな事情で、さまざまな働き手を求めていることが分かる。

それでもサラが望む求人、或(あ)いはサラのような人間を求める求人は、なかなか見つからない。

（本当にあたしを求めている人などいるのでしょうか？）

そんな疑問がじわりと頭に浮かび、傷の残る心に隙間風が吹く。慌てて首を振る。嫌な考えを追い払い、また新聞のページをめくっていく。

新聞と格闘すること一時間余り、肩と目が凝ってきた頃、不意に影が差す。顔を上げれば、腰に手をあてたおかみさんが覗き込むように、こちらを見ている。

「どうだい、ものになりそうな求人はあったかい？」

「いやあ、それがなかなか」

笑って誤魔化すと、おかみさんは腕組みして何やら思案顔。何だろうと思っていると、急に手招きされた。招かれるままに部屋の奥へ進む。

「あんた、仕事がなくて困ってるんだろ。一つ、働き先を紹介してやろうか？」

「えっ、本当ですか⁉」

思いがけない申し出に、サラは思わず身を乗り出す。だが、おかみさんは気まずげに、サラから顔を逸らした。

「いや、そんな期待されると困るんだ。ちょっと訳ありの求人でねえ……」

「訳あり？　あっ、条件が悪いとかですか？」

「いいや、むしろ給金を含めた雇用条件は破格だ。私でも飛びつきたいくらいさ。事実、うちから何人も紹介している」

「はて、では何が問題なんでしょう？」

「決まらないんだよ。先方での試験で、ことごとく蹴られてる。どれだけ文句のつけようのない経歴の人物を送ってもダメ。そのくせ早く次を紹介しろとせっついてくる。こっちとらいい迷惑さ」

首を捻るサラに、おかみさんは忌々しげに答える。その眉間には深い皺が刻まれていた。

「それはお困りですね。あたしとしてはありがたいお話ですが、そもそもあたしなんか紹介して大丈夫ですか？」

自分で自分を指さす。そんな格式の高そうなお屋敷、サラなど相手が求める条件で弾かれてしまいそうだ。なにしろ学歴なし、実績なし、いい所なし。ないこと尽くしのサラである。

「大丈夫だよ。相手は家内使用人、兼庭師を求めている。条件は花や庭など園芸の知識に優れていること、それから女性であること。あんた、庭師志望だったろ？」

「は、はい、そうです！」

なんというお誂え向きの条件！　と跳び上がりたくなった。そんなサラをおかみさんは窘める。

「そんな早とちりするとぬか喜びになるよ。なにしろ雇い主は、このリットン中に奇行で知られる女貴族なんだからね」

「女貴族さま、ですか」

「ああ、一年ほど前に先代が亡くなって、女なのに爵位を継承したんだと。まあ、変わり者で間違いない」

「へえ〜」

サラの頭の中にフリルのたくさんついた派手な衣装を身に纏い、扇で口元を隠しながら高笑いする女性が浮かび上がる。サラには縁も所縁もない人々だ。

「どうだい、ダメもとで行ってみないかい？」

ぐいっと詰め寄るおかみさん。そして尚も戸惑っているサラの背を叩く。

「大丈夫さ、向こうの条件は満たしてるんだ。それに毒をもって毒を制すという言葉もある。案外変わり者同士、上手くいくかもしれない」

「えっ、あたし、変わり者ですか？」

「あんた、自分が普通だと思っていたのかい？」

おかみさんは腰に手をあて、盛大に呆れていた。

翌日、サラの足は件の女貴族の館に向いていた。

結局、斡旋所のおかみさんの、褒めているのか、貶しているのか分からない言葉に背を押された。背に腹はかえられず、という事情もある。

もっともおかみさんが仕事を紹介してくれたのが、殊の外に嬉しかったのは本当だ。

「この辺りがチャペル地区ですね。さすがにどの邸宅も立派です」

通りに立ち並ぶ大貴族の邸宅を眺めながら、サラは一人感心する。

エルウィン王国には、明確な階級がある。上流階級、中流階級、労働者階級だ。上流階級を構成するのが貴族とジェントリー。どちらも広大な土地を所有する者のことだが、違いは爵位。爵位を持っているのが貴族で、持っていないのがジェントリー。そこには明確な違いがあるのだが、サラのような労働者階級の者には分からない。

上流階級が王国の総人口に占める割は、わずか二%。だが、その邸宅が立ち並ぶ専用地区は、リットンの土地の実に六割を占める。当然、その邸宅は広く、立派なものが多い。

普段、足を踏み入れることのない地区。サラは戸惑いと、物珍しさに辺りをキョロキョロ。

斡旋所で貰った住所のメモを見ながら、サラは三十分以上同じ所をぐるぐる。

「この辺りのはずなんですけど……」

「ここ、ですかねえ？」

一軒の邸宅の前で、ようやくサラは足を止めた。

同じ貴族の中でも、何代も代を重ねた貴族の家と、事業に成功して最近爵位を得て貴族になった家がある。前者は後者をぽっと出の成金と蔑み、後者は前者を伝統ばかり大切にする骨董屋と馬鹿にしている。これから向かうガーネット家は前者、つまり骨董屋の方だ。

それを示すかのように目の前の邸宅は、周囲の豪邸に比べると際立って古く、一回り以上小さい。それでもコンパクトな造りと、趣味のよい外観は好感が持てる。残念なのは屋敷の顔とでも言うべき表庭がなく、入ってすぐに玄関の扉。まるでアパートメントのような邸宅だ。

玄関の扉の前に立つと、足が震えていることに気付いた。ここへきて、緊張してきたらしい。

(ええい、ままよ!)

たっぷりと躊躇った後、思い切ってドアを叩く。数秒間の沈黙に、サラの心臓は爆発しそうになる。

やがて扉が開いた。

「……」

「あっ、あの、あたしは、いえ、私は斡旋所から紹介されてきました、サラです。サラ・サザーランドです」

扉の向こうに立っていたのは、紺のワンピースに白のエプロン姿のメイド。慌てて挨拶し、頭を下げた。深々と下げた頭を上げても、女は何も言わず、無表情でサラを見ている。必然的に見つめ合う。背丈はサラと同じ位だから、女性にしては高い方だ。おまけにメイドは羨ましいほど、すらりとしていた。艶のある黒髪を綺麗に束ね、顔立ちにも品がある。あらためて見ると、驚くほど美人だ。

(はあ、さすが貴族さまのお宅は、使用人からして違いますね。品位を感じます。きっと美しい言葉遣いをされるのでしょう)

いまだ抜けきらない田舎訛り(なま)は、サラの悩みの種。だから、貴族さまの使用人ともなると、一体どんな言葉遣いなのかと、その第一声をわくわくしながら待っていた。

そんなサラを頭から足の先まで念入りに眺めたメイドは、最後に一瞥(いちべつ)を投げて一言。

「入れよ」

中に向かって顎をしゃくった。なかなかフランクな言葉遣いと仕草である。

言われるまま、屋敷の中に足を踏み入れる。歴史ある貴族の館らしく、埃(ほこり)と古びた時間のにおいがした。

メイドはずんずんと奥へ進んでいく。そのあとをサラは追いかける。

「お前、本当に斡旋所からの紹介なのか?」

前を行くメイドが振り向きもせず、話しかけてきた。

「はい、そうです。おかみさんは、先方に紹介状を送っておくと言ってみえましたが」

「届いている。でもなあ、いままで来たのはみんな、如何(いか)にも優秀ですって顔した鼻もちならない奴らだったんだぜ。それが急に間の抜けた面の奴を寄越せば、斡旋所の手抜きを疑うのが普通だろ?」

メイドの女は、声を上げて笑った。

「手を抜くなんて、とんでもない。その優秀な人たちでダメだったから、あたしが選ばれたんです」

笑い声がぴたりと止まり、女はぐるりと振り向く。片方の眉を器用に吊(つ)り上(あ)げ、不思議そうにサラを見る。

「お前、間抜けだって自覚があるのか？」

「ええ、残念ながら」

一年に二十回以上も奉公先を解雇されれば、さすがに間抜けなんだろうなと自覚くらい持つ。正直にそう言うと、メイドは噴き出した。

「そりゃあそうだ。お前、面白い奴だな」

いきなり肩を組まれた。背丈が同じ位なので、すぐ横にメイドの綺麗(きれい)な顔。思わずドキドキしてしまう。

「俺はマーサ。この館でメイド長をやってる。長と言っても、メイドは俺しかいねえし、使用人もあとは影の薄い執事の爺(じい)さんと御者がいるだけだけどな」

「あっ、マーサさんですね。サラです。よろしくお願いします」

さっき聞いた、とマーサは、頭を下げようとするサラを制す。

「それより、いいこと教えてやるよ。これからお前が会う、うちの大将のことだ」

「えっ、大将!?」

「ここの主の女貴族のことさ。俺は大将とか、姐さんって呼んでるんだ」

「はあ……」

屋敷の主をそんな風に呼ぶ使用人に、サラは初めて会った。どうやら変わり者なのは、主だけではないようだ。

「でな、うちの姐さんは、とにかく気が短い。だから、何か訊かれたら、すぐに答えろ。しかも手短にだ。説明や言い訳から入ると嫌われる。質問もダメだ。意味が分からなくても、とりあえず答えろ。あとは姐さんの表情の変化で察しろ。いいな？」

「は、はい」

慌てて返事をするサラを見て、女はニヤリと笑う。

「よし、その調子だ。それじゃあ、俺はこれから姐さんを呼んでくる。この先に応接室があるから、そこで待ってろ。俺もそろそろ後輩が欲しいんだ。だから、頑張れよ」

軽くサラの胸を叩くと、肩を離し、マーサは二階へ続く階段を上がっていく。その背に礼を言うと、右手をひらひらと振って応えてくれた。

マーサの姿が見えなくなってから、サラは廊下を先に進む。言われた通り、突き当りに応接室らしき一室があった。

「ここで待て、ということですね」

中に入り、室内を見回す。ソファや椅子が幾つか並んでいる。だが、さすがに座るのは憚(はばか)られるので、立って主が来るのを待つ。

マーサに圧倒されて消し飛んでいたが、気持ちが落ち着くと、緊張がぶり返して来た。

「女貴族さまって、どんな方でしょうか？」

イメージは深窓の佳人。華やかな衣装に身を包み、優雅で気品のある仕草、知性と教養に溢(あふ)れた美貌。思わずため息が出る。

「はあ、憧れです。女貴族って響きだけで尊く感じてしまいます」

一人悦に入るサラ。そんな彼女を現実に引き戻したのは、どん、どん、どんと勢いよく近づいてくる足音。随分と豪快な足音に戸惑う間もなく、部屋の扉がバタン！と音をたてて開いた。

飛び込んで来たのは小柄な、美少年⁉

マーサを従え、サラに近づいて来る。

「あ、あの、あ、あたくしは──」

とにかく挨拶をしなければと、口を開くが間に合わない。少年は真っすぐに距離を詰めてきた。

「アイリーン・ガーネットだ。アイリと呼ぶがいい」

名乗られたのだと気がついた。

「あ、アイリさまですね」

違和感を覚える。アイリーンとは、どう考えても女性の名前だ。それに……、

（顔に見覚えがあるような。この雰囲気も。どこかですれ違いでもしたのでしょうか？
いやいや、そんなはずない。相手は貴族さまです）

迷っているうちに、アイリと名乗った少年はもう目の前。こちらが仰け反るくらいまで近づくと、腕を組んで、サラを見つめてくる。身長の関係で、真下から覗かれる恰好。とにかく圧が凄い。

見つめてくる青い瞳は輝いている。

「キミが庭師希望者か？」

「は、はい」

戸惑うばかりだが、マーサの言葉を思い出し、急いで返事をする。

「名は？」

「サラです。サラ・サザーランド」

「歳は？」

「十七になりました」

「生まれは？」

「リットンです」

「リットン？」

「五歳からノーフォークの片田舎に住んでいます。訛りはそのためです」

相手の美しい眉が持ち上がるのを見て、サラはすかさず説明を加える。アイリが満足そうに頷いたので、ほっと胸を撫で下ろす。

矢継ぎ早の質問が、ようやく途切れる。急いで息を入れようとしたところに、手が伸びてきた。

「おさげがよく似合っている」

そう言うと、アイリはサラのおさげに触れる。

「あ、ありがとうございます」

褒められたはずなのに、なぜか胸がドキドキした。いまにも心臓が飛び出しそうなほどに。

「キミは、魔女か？」

おさげから手を離しながら、アイリは確かにそう口にした。

瞬間、頭の上に疑問符が浮かぶ。それでもすぐに答える。

「いいえ、魔女ではありません」

「そうか、それは残念だ」

アイリの青い瞳に、わずかな失望が浮かぶ。焦ったサラは、思わず口走る。

「魔女ではありません。ですが、庭に対する情熱と愛は、誰にも負けません！」

言ってしまってから、顔から火が出そうになる。

出会って初めて、アイリの顔に驚きが浮かぶ。だが、すぐに不敵な笑みに掻き消される。

「よろしい。掛けたまえ。マーサ、お茶だ」

手短に指示を飛ばすと、アイリはさっさと肘掛椅子に腰を下す。言われるまま、サラも向かい合わせのソファに座った。

「なにかね？」

戸惑いが顔に出ていたのか、アイリの方から促された。思いがけない好機の到来が、サラを少し大胆にする。

「あの、アイリさまはここの主でいらっしゃるのですか？　ここの家の主は女貴族さまと伺ったのですが……」

たちまち美しい青の瞳に険がこもる。思わずサラは首を竦めた。だが、その瞳が向けられたのは、素知らぬ顔でお茶の準備をするマーサの方。

「マーサの奴、説明しなかったな？　もちろん、僕がここの主だ。こんななりをしているが、女だ」

皮肉な笑みを浮かべながら、スーツの襟を開いて見せる。そして、最後にこう付け加えた。

「僕は、女男爵だ」

その一言が、サラの記憶を直撃する。忘れようとしても忘れられない、焼き鏝で焼きつけられたように記憶に刻まれた一年前の出来事。いま鮮やかに蘇った。

「ああっ！　あの時のウエディングドレス⁉」

「そうか、キミはあの時のレディか」

優雅な仕草で紅茶を飲みながら、アイリは感慨深げにサラの顔を見る。覚えていて貰えたのが、何気に嬉しい。

「はい。あの時は、ありがとうございました」

「いや。結局、鞄も取り戻せなかったし、すまないことをした」

確かに、あの後が大変だった。駆けつけた警察に何度も事情の説明を求められるわ、馬車の引き上げに立ち会わされるわ、ひったくりの取調も受けるわ。おまけに鞄は引き上げられたが、水に浸かった紹介状はすっかりダメになっていた。

それでもアイリへの感謝に偽りはない。それにあの時のことを思い出すと、いまでも胸が高鳴る。

「まあ、そう畏まることはない。まずはお茶でも飲んで楽にしたまえ」

「はあ」

言われるまま、出された紅茶に口を付ける。

「どうだい、美味しいだろ。我が家のオリジナルブレンドだ。特にマーサが入れると、一段と味が良くなる」

「はい、とても美味しいです」

笑顔で答えたものの、本当は味なんて全然分からなかった。飲みなれていないせいか、それとも混乱のためか。

「ふふふ、キミは素直だな。味なんて分からない、と顔に出ている」

慌てて両手で顔を擦ると、テーブルの向こうから楽しそうな笑い声が上がる。サラは両耳が熱くなるのを感じた。

「それにしても……」

あらためて目の前に座ったアイリの姿に目を見張る。

明るい金髪に青い瞳、赤い唇と白い肌、そして整形庭園並みの完璧な配置を誇る美貌は変わっていない。だが、腰まであった流れるような髪は、耳にかかるくらいまで短くなり、外に向かって跳ねている。まるで獅子の鬣のようだ。そしてウエディングドレスがラウンジスーツになり、花嫁は少年紳士に変わっていた。

（でも、どうしてあの時はウエディングドレス姿だったんだろう？　結婚はされていないようだけど……）

「大分、混乱しているようだね」

「それはそうです。今の状況に立たされたら、誰だって混乱します」

頬を膨らますサラに、アイリは軽やかな笑い声を返す。

「あらためて自己紹介するよ。僕はアイリーン・ガーネット。このガーネット家の現当主で、爵位は男爵。だから、女男爵だ」

女男爵、とサラは口の中で呟く。

「あの、男爵だから、そのような男装をされているのですか？」

「いや、これは僕の好みだ。何しろ女性の衣装は動きづらい。知っているかい、社交界に出る女性の正装を。あんなの非効率以外の何物でもない。だから普段から、男性の衣装を着ているのさ」

なるほど、とサラは納得する。アイリの合理的な性格もうかがい知ることが出来た。それでも……、

「勿体ないです！　そんなにお綺麗なのに」

つい、大きな声が出てしまった。

「ははは、分かっているさ。自分の美しさも、世の男共を嘆かせていることも。だが別に、僕は男共を喜ばせたいわけじゃないから、着飾る必要もないのさ」

それに、と不敵な笑みで続ける。

「男にもてはやされるより、レディにキャーキャー言われる方が好みなんだ」

どうやら、相当な自信家のようだ。そして噂通り、風変わりな人だった。

「ガーネット家は五百年以上の歴史を誇る由緒正しき貴族だ。かつては複数の爵位を所持し、地方に広大な領土を所有していたらしい。だが、僕の父が代を継ぐ頃には、領土のほとんどを失い、爵位も男爵だけになっていた。まあ、栄枯盛衰ってやつさ。その父が亡くなり、僕が跡を継いだのが去年。継承のごたごたで、わずかに残っていた領土もすっかり失い、いま手元にあるのはこの館と男爵位だけ」

貧乏貴族さ、とアイリは両手を上げてお手上げのポーズ。そんな仕草さえ、様になる。

自虐めいた話ではあるが、明け透けに内情を晒すアイリに、サラは好感を覚えた。

「貴族さまは、働かないのがモットーと聞きました。土地を失くして、食べていけるんでしょうか？」

「僕一代食いつなげるだけの財産はある。それに貴族というのは、ワインと同じようなものでねえ。年月を経ているほど良い、と思っている連中がいまだに多い。だから、何かと大切にして貰える。ボトルの中身はとっくに酸化して、飲めた代物じゃなくなっているというのに」

くくくっ、とアイリは楽しそうに笑う。

「だが、ガーネット家が由緒ある家柄だからこそ、煩わしいこともある。例えば女である僕が家を継承したことを、快く思っていない連中が実に多いこと。いや、思っているだけではないね。あわよくば引きずり降ろそうと、その機会をうかがっている」

「貴族さまも、大変ですねえ」

サラは、心から同情する。

「だからガーネット家の当主として、僕は隙を見せるわけにはいかない。行動や身なりはもちろん、庭だって例外じゃない。ガーネット家に相応しい庭を所持する必要がある」

「なるほどです」

庭は一つのステータスシンボルだ。なにより土地を持っていなければ、庭は作れない。そして庭を見れば、その家の経済力も分かる。庭の広さ、植えてある草花の数、種類、造形、管理状況、庭師の数と腕などなど。庭にはどれだけだって、資金をつぎ込める。だから、たびたび王侯貴族の権威を象徴するものとなってきた。

「実は父が生前手配していた庭師には、逃げられてね。そこであらためて腕のよい庭師を、いま探しているというわけさ。だが、なかなか僕の眼鏡に適う庭師がいなくて、困っているんだ」

そう言ったアイリの顔に、不敵な笑みが浮かぶ。

お前は僕の眼鏡に適うかな？　そう言われた気がした。見え透いた挑発だ。

だが、サラの闘志はメラメラと燃え上がる。

「その役目、あたしにやらせて下さい！」

「よろしい。では、試験を始めよう」

アイリは満足そうに微笑み、そう宣言した。

アイリがマーサに合図すると、アイリ曰くエルウィンで一番柄の悪いメイドは一鉢の鉢植えを持ってきた。それをサラの前に置く。

「さあ、これが試験だ」

思わずアイリを見ると、どうだ、と言わんばかりの顔で腕を組んでいる。そんな顔をされても、サラには何の変哲もない鉢植えにしか見えない。

「鉢植え、ですね」

「そうだね、鉢植えだ。これが他の物、例えばシルクハットやティーカップに見えて貰っては、いささか困る」

それはそうだ。仕方がないので、サラは目の前の鉢植えを手に取る。素焼きの安価な鉢植えで、中には黒い土しか入っていない。

「いえ、何かが植わっている？」

中央が僅かに盛り上がっている。確証はないが、何かの種を蒔いて、あとから土を被せたように思えた。

「ふふ、目聡(めざと)いね。そうさ、その鉢にはパセリの種を蒔いてある。今朝早くに、マーサが撒いた」

「パセリですか」

パセリ。セリ科の二年生草本。生の葉には爽快な香味があり、エルウィン島でも野菜として広く栽培されている。

だが、このパセリが一体どんな試験になるというのかが、さっぱり分からない。

首を捻(ひね)るサラを、アイリは楽しそうに見ている。

「試験というのは、このパセリを発芽させること。無事、発芽させられたら合格だ」

「本当です――」

身を乗り出しかけたサラを、アイリは右手を上げて制す。

「ただし、一週間以内に。それが条件だ」

ぽかん、とするサラに、意地の悪い笑みが向けられる。

「僕は園芸に疎い。そこで我が家の庭師を見極めるのにふさわしい、育てにくい植物はないものかと、交流のあるご婦人にきいてみたんだ。そのご婦人が勧めてくれたのが、このパセリさ。パセリというのは、なかなか芽を出さない植物らしいね。発芽まで十日から長い時には三週間かかることもあるそうだ。芽が出ないことだってある。いままで幾人かこの試験に挑戦したが、残念ながら成功した者はいない」

アイリは勝ち誇ったかのように説明しているが、サラはすでに別のことが気になっていた。

「あの、一つ伺ってもいいですか？」

「ああ、何なりと」

優雅な仕草で先を促される。アイリの顔には余裕の笑み。サラは構わず質問をぶつける。

「このパセリの種、そのまま植えたのですか？」

青い瞳が、わずかに見開く。女男爵が初めて見せた、戸惑い。質問の意図をつかみかねている。

「そのまま植えたとは、どういうことだ？」

「つまりですねえ、種苗店や園芸店から買ってきた種を、そのまま何もせずに土の中に埋めましたか？　と訊きたいのです」

アイリは眉を顰める。そのまま撒く以外に何をしろというのだ、とでも言いたげだ。それでも彼女は確認の視線を、背後に控えるマーサに送った。植えた本人であるメイドは――眉間に皺を寄せながら――、小さく頷き返す。

「ああ、何もしていない。そのまま植えただけだよ」

代わってアイリが答えるや、サラは勢いよく立ち上がった。

「いまからキッチンをお借りしてもいいですか？」

て。

「藪から棒だなあ。構わないが、それが試験と関係があるのかい？」

「大ありです」

答えるが早いか、サラは部屋を飛び出して行く。呆気にとられるアイリとマーサを残して。

十分も経たないうちに、サラは目的の物を携えて、部屋に戻って来た。

「何をしに行ったのかと思ったら、お茶のお代りかい？　マーサに言えば、美味しいのを淹れてくれたのに」

呆れ顔のアイリが言った通り、サラが持って来たのはティーポット。それをパセリの鉢植えの隣に置くと、サラは元の席に腰を下した。

「お待たせしました。それでは、試験の続きを始めましょう」

「何やら自信がありそうだ。どうやらお茶のお代りではなかったらしい。そのティーポットが、パセリを芽吹かせる鍵のようだね」

形のよい顎を軽く摘まみ、アイリは興味深そうにティーポットを眺める。何の変哲もない、ただのティーポットだ。注ぎ口からは湯気が立ち昇っている。

「ティーポットというより、使うのは中身です。沸かしたてのお湯が入っています」

「湯？　そんなもの、どうするんだい？」

「こうするんです」

サラはティーポットを掴み、机の上の鉢植えに熱湯を注いだ。いまにも鉢植えから湯が溢れ出し、下の受け皿に零れ落ちそうな勢いで。

「お、おい！　そんなことしたら、種が茹で上がっちまうぞ！」

叫ぶように声を上げたのは、メイドのマーサ。流石にアイリは声こそ上げなかったが、その青い瞳は大きく見開かれていた。まるで信じられない光景を目にしたかのように。

「パセリの種は、とても寝坊助なんです。だから、こうやって湯をかけ、目を覚ましてやらないといけないんです」

ただ一人、サラだけは涼しい顔。鉢植えの土に充分熱湯が行き渡ったところで、サラはポットをテーブルに置いた。

「試験を諦めた、というわけではないね？」

硬い表情のアイリに対し、サラは大きく頷く。

「もちろんです。それでは一週間後、また来ます。その時、パセリが芽吹いていたら、試験は合格ですね」

サラの顔には満面の笑みが浮かんでいた。

一週間後の麗らかな昼下がり、サラは再びガーネット家の戸を叩いた。

ちなみにこの一週間、サラは屋敷から少し離れた場所にある馬小屋で寝起きしている。ガーネット家所有の馬小屋で、泊まるところのないサラに、アイリが宛がってくれたのだ。

期限の日を迎えても、サラに不安はなかった。絶対の自信があったから。

果たして――、

「御覧の通りだ」

アイリが指し示した鉢植えには、美しい緑の新芽が幾つも土から顔を出していた。

「やった！」

場も弁えず、サラは大きな声を上げた。その様子をアイリは苦笑いと共に見つめている。

ちなみに今日もアイリはラウンジスーツ姿。

「この試験、合格ですね？」

「もちろんだ。貴族の言葉に二言はない。キミは見事、採用試験に合格した」

アイリからのお墨付きに、サラは飛び上がって喜ぶ。いままでの苦労が一つ、報われた気がした。

「喜んでいるところ申し訳ないが、そろそろ種明かしをしてくれないか。こう見えても、僕は驚いているんだ。まさか熱湯をかけられた種が芽を出すとは、思いもしなかったからね」

今朝起きぬけに植木鉢を確認したというアイリ。その時の驚きを聞かされ、サラは声を上げて笑った。

二人はあらためて応接室のテーブルで向かい合う。すかさず淹れたての紅茶とクッキーを用意してくれたマーサが、去り際、サラに向かって親指を立てる。彼女なりの祝福だろう。サラは温かな気持ちと共に、カップを手に取った。

紅茶の芳醇な香りと味を楽しみながら、サラは話し始める。

「種明かしというほどのことはありませんが、パセリの種は殻が固いんです。そのため芽が出るまでに時間が掛かるんです」

「殻を破るのに時間を要するわけだね」

「はい。ですが、この種の固い殻は水に溶ける性質を持っています」

パチン、とアイリが指を鳴らす。

「なるほど。だから熱湯を掛けて、土の中の種の殻を溶かしてやったというわけだ？」

「ご名答です。今回はすでに植えられた後だったので、こんな方法を使いました。本来であれば植える前日に、種を水につけて一晩寝かしておきます」

「キミが蒔く前の種の状態を知りたがったのは、そういう理由があったからか」

「ご納得頂けましたか？」

「もちろん。久しぶりに爽快な気分だ」

言葉通り、アイリの顔は晴れやかだ。そんなアイリの顔を見ていると、サラの顔も自然と綻んでくる。

「パセリ意外にも、植える前の種に手を加えた方がいい物は幾つかあります。同じように固い殻を持つ種は、やすりで殻を削ったりもします。少し乱暴な方法ですが、種を踏みつけて殻を割るなんて方法もあります」

「確かに乱暴だ。それでもちゃんと芽が出るのかい？」

「はい。植物は人間が思っているより、ずっとずっと逞しいです。そして強かで、賢くもあります。ある人が、こんなことを言っていました。『可愛いハーブには苦労をさせよ』と。厳しい環境で育ったハーブの方が、より香り豊かなものになるからです」

ばあちゃんの言葉だ。サラにとって、園芸の師匠はばあちゃんだった。

「面白いね。僕が思っていた以上に、園芸とは奥が深いもののようだ。キミはどこで、その知識を見つけたんだい？」

「身内に詳しい者がいましたので。それよりアイリ様は、園芸をなさらないんですか？」

「ああ、社交界で話題に上った時のために、本や雑誌を読んではいるが、自分で何かを植えたり育てたりしたことはない」

「それは勿体ない。人生の九割九分、損しています！」

サラは思わず拳を握る。その姿にアイリは苦笑い。

「キミの人生の楽しみが、ほぼ園芸であることは分かったよ」

「あの、アイリさま。合格ついでに、一つお願いが」

おずおずと切り出すサラに、アイリは首を傾げた。先程までの饒舌が嘘のように口籠っている。

「なんだい？　言ってみたまえ」

「あの、この屋敷の庭を、あたしの働く場所を見せて貰えないでしょうか？」

サラが連れていかれたのは、館の奥。

庭には大きく分けて表庭、中庭、裏庭がある。表の通りから玄関までの間にあるのが、屋敷の顔とも言うべき表庭。その名の通り建物に囲まれた内側の空間にあるのが中庭。この館の玄関は通りに直接面していて表庭はなく、構造的に中庭もなさそうだ。土地の少ないリットンでは、珍しいことではない。表庭や中庭を所持している屋敷の方が稀だ。

だから、この屋敷にある庭は……。

「さあ、見てくれ！　これが我が家の庭だ」

アイリが開いた扉の向こうに、裏庭が広がっていた。そうここは館の裏に広がる庭、裏庭だ。さほど広くはないが、奥行きがある。アイリの言うには、園芸が趣味の父親が亡くなってから、誰も手入れをしていないとのこと。

庭に降りると短い石畳の歩道が、芝生へと続く。石畳の割れ目からヒカゲユキノシタが顔を覗かせている。アイリの言葉を裏付けるように、庭は荒れていた。芝生は所々剝げ、底上げ花壇は崩れ、花より雑草が目立つ。

それでも花壇があり、木立があり、わずかながらも花が咲いている。芝生の上には小さなベンチも。ここは紛れもなく庭だった。

──庭だ、庭だ。あたしの庭だ！

田舎から庭師を目指して一年、ようやくたどり着いたサラの庭。

「キミは、『裏庭の魔女』を知っているか？」

いつの間にかアイリが、すぐ横に立っていた。

「『裏庭の魔女』ですか？」

サラは首を傾げる。それを確認してから、アイリは話を続けた。

「昔、このリットンに『裏庭の魔女』と呼ばれる庭師がいた。とても腕の良い女性の庭師で、どれほど荒れ果てた庭でも、たちどころに花に溢れた姿に蘇らせたそうだ。まるで魔法でも使ったかのように」

「眉唾な話ですね。園芸に魔法はありません。時間と光と水、人の手間が草花を育てる。そして庭は人が作るのです」

「園芸に関してはシビアだね、キミは」

アイリは楽しそうだ。そして続ける。

「まあ、単なる噂話（うわさばなし）だ。実際にそんな庭師がいたかも怪しいものさ。だが、もし本当に『裏庭の魔女』がいるのなら、その力をぜひ借りたいと思った。それほど切実に、僕は腕のいい庭師を求めている」

空を思わせる青い瞳が、サラを見つめる。

ドキッとした。急激に鼓動が早く、激しくなる。

「ほ、本当にあたしなんかで大丈夫でしょうか？　腕のいい庭師なら他にもたくさんいるのでは——」

「いや、キミがいい。見事、僕の期待に応えてくれ。頼んだぞ、サラ」

呼び名がキミから、サラに変わったことに気付いた時、不覚にも涙が出そうになった。

本当に必要とされていると感じたから。この人のために働きたいと思ったから。

だから、サラは力強く答える。

「お任せ下さい、アイリさま」

第二章　整形庭園（フォーマル・ガーデン）と貴婦人の探し物

サラがアイリの庭師（ガーデナー）、兼使用人として働き始めて一か月が経（た）った。いまだ、その首は繋（つな）がっている。

もちろん使用人としてのサラの働きぶりが、劇的に改善されたわけではない。相変わらず食器を洗えば皿を割り、裁縫をすれば指を刺した。

それでも続けられている一番の要因は、やはりアイリということになる。

名目上、サラはアイリ付きのメイドということになっているが、とにかく仕事が少ない。

「サラがやるより、僕がやった方が早い」

待つ、ということが大嫌いなアイリ。サラが動くよりも早く、自らやってしまう。服選びから、着替え、出掛ける際の準備に部屋の掃除、ちょっとした縫い物まで。そして何をするにも、サラより格段に上手（うま）い。

サラが役にたたないため、そうしているのかと思ったが、ずっと以前からだと教えられた。アイリが使用人に任せるのは、食事やティータイムの準備と片付けくらい。あとは何でも自分でこなしてしまう。

「紳士のたしなみさ」

驚くサラに、アイリはこともなく言ってのける。

主がこの調子だからか、使用人の数も圧倒的に少ない。

屋敷(やしき)で働いている使用人はサラとマーサ、そして採用後に会った影の薄い初老の執事と無口な御者(コーチマン)。合わせて四人。

「うちは使用人の数が少ない。不足しているのでなく、それで十分なんだ」

アイリの言葉を裏打ちするように、サラを除く使用人たちは全員有能。その中でも、マーサの仕事ぶりは際立っていた。粗野な物言いからは想像出来ないほど、テキパキと仕事をこなしていく。その間に愚痴や文句を言う余裕まである。

容姿だって綺麗(きれい)だし、黙っていれば文句のつけようのない完璧な使用人だ。黙ってさえいれば。本当に悪いのは、口だけなのである。

「何か言ったか？」

心の声が漏れていたのか、マーサに睨(にら)まれた。サラはそそくさと、その場を離れる。

そんなわけで、使用人としての仕事量が少ないサラは、その分庭仕事に励んだ。お仕着せのメイド服の上に、紺色のエプロンをして、毎日裏庭に向かう。アイリの呼び出しがない限り、庭での作業に集中できた。

まさにサラにとって理想の仕事環境。全てはこの上なく順調に思えた。

ただ一つ、大きな問題があることを除けば。

「アイリさま。アイリさま、聞いてみえますか？」

サラが声を掛けると、ようやくアイリは本から顔を上げた。風が穏やかな昼下がり。

「どうした？」

今日もラウンジスーツ姿のアイリは、屈託なく微笑(ほほえ)む。その姿はどう見ても少し背伸びした紅顔の美少年。思わず抱きしめて頬ずりしたくなる衝動を、なんとか抑えこみ、自分なりに厳(いか)めしい顔を維持する。何しろいま、サラは怒っているのだから。

「どうした、ではありません。もう何度も申し上げている通り、そろそろ庭に何を植えるか考えて頂かないと」

「ああ、そのことか」

ここ数日同じことを言い続けている。アイリもまた、同じように気のない返事を寄越す。

邸宅の裏庭は面積こそ広くはないが、立派な花壇が設置されていた。昔は綺麗に整備され、色とりどりの花が咲いていたことを偲(しの)ばせる。

残念ながら、いまその面影はない。植わっている花も疎(まば)らで、半分は萎(しお)れていた。

底上げ花壇(レイズドベッド)に至っては、派手に壊れている。

「だけど、サラ。いまはまだ土の入れ替え中なんだろ？　いまから何を植えるか、なんて気が早くないかい？」

庭の土を調べると、あまり状態が良くなかった。そこでサラは、思い切って土を入れ替えることを決断。アイリの言う通り、入れ替え作業の真っ最中だ。

「いいえ、アイリさま。予め植える物を決めて頂かないと、それに合った土壌づくりが出来ません」

アイリは小さく首を傾げる。

「このところ毎日、熱心に土を弄っているじゃないか。何やらいろんなものを、中に鋤きこんでいるようだが、あれは土壌づくりではないのかい？」

珍しくアイリが会話に乗ってきた。この機を逃すまいと、サラも口調に力が入る。

「もちろん、あれも土壌づくりの一環です。いまお庭の花壇の土は、簡単に言うと栄養不足。栄養の不足した土では、植物は育ちにくく、綺麗な花も咲きません。園芸はまず、土づくりからです。だから、いま土に栄養を与えているところなのです」

「土の栄養か。窒素やマグネシウムなどの人工肥料のことだね」

「それもそうですが、人工肥料を使わなくても身近なものでこと足ります。例えばブナの落ち葉や古い漆喰、古い泥炭、森の腐土、川砂、沼土、池底の泥、木炭、馬糞、ミズゴケ、腐った切り株などなど。多種多様な物が、土に栄養を与えてくれます」

どう考えてもゴミとしか思えないものを、サラは毎日山のように屋敷に運んで来る。しかもそれらを宝物のように扱うので、マーサを呆れさせていた。

それらが土壌の栄養分になると聞いて、アイリは合点がいった様子。

「なるほどね」

「ですが、これはあくまで基礎です。これから植える物に合わせて、土を変えていきます。水捌けのよい土がよいのか、ふかふかの土がよいのか、それは育てる植物次第なのです」

「だから、早く植える植物を決めろと言うんだね」

そうです、とサラは大きく頷く。アイリは少し考えていたが、やがてポンと手を打つ。

「サラは、何を植えたい？　それを聞かせておくれ」

「あたしですか？」

逆に質問されるとは思っていなかった。だが、問われれば答えましょう、とサラは一つ咳払い。

「そうですねえ。まずはスノードロップにクロッカスは必須。どちらも長い冬の終わりと、春の訪れを教えてくれる花です。庭には欠かせません。あとはアイリス、オダマキ、最近の流行でフリシア、ヒャクニチソウなんてのもいいですね。香りのよいのも欲しいからモクセイソウにラベンダー。花木ならリンゴやライラック、あとはバラ！　それも蔓バラがいいと思うんです」

次から次へと妄想は膨らんでいく。いまサラの頭の中では四季折々の花々が咲き誇る庭の景色が、どこまでも広がっていた。

「おお、いいじゃないか。では、それで頼むよ」

だが、アイリの一言で、膨らんだ妄想はあっという間に萎んでしまった。見ればアイリは読書を再開し、こちらを見てすらいない。

露骨にため息を吐く。

「アイリさまは、まったく園芸に興味ないんですね」

「そう言っただろ。だから、サラを雇ったんだ。キミがその情熱を注いで、この裏庭を男爵家に相応しいものにしてくれればいい。口出しはしないから、好きにやるといい」

ひらひらと手を振るアイリ。いつもこの調子だ。

サラは腰に手をあて、主に詰め寄る。

「アイリさま、庭というのは庭師だけで造るものではありません。その庭の主と庭師が、理想と知恵を持ち寄って作り上げていくのです。そこには時間と信頼が欠かせません」

「それなら問題ない。僕はサラを信頼している」

まるで手ごたえがない。蒔いても蒔いても一向に芽の出ない種まきのような徒労感に、サラは肩を落とす。

もどかしいと同時に、サラとしては首を捻らずにはいられない。アイリは試験までして、優秀な庭師を探し求めていたはずだ。それにもかかわらず、なぜか庭そのものにはまったく興味を示さない。全てを任されるほどに信頼されている、わけではないのはサラでも分かる。

(何か別の目的があるのでしょうか?)

庭にとんと興味のないアイリが、サラの目下最大の悩みだった。

「ところでサラ」

「はい」

声を掛けられ、項垂(うなだ)れていた頭を持ち上げる。

「今晩、人に会いに出かける。ついて来い」

「えっ、なぜです?」

ぽかんとするサラに、アイリは呆れた様子で答える。

「キミは、主人を一人で出かけさせるつもりか? どこへ行くにも、大概お付きの者を連れて行くのが貴族のマナー。しかも今日はいつも以上に大切な場なんだ」

「だったら尚更(なおさら)、なぜあたしなんです? いつもみたいにマーサさんが付き添うべきです」

「いつも以上に大切な場だからだ。マーサはあの通り、口が悪くて喧嘩(けんか)っ早(ぱや)い。些細(ささい)なことで、すぐ火が付く。普段は別にいいが、今日はさすがにまずいんだ」

普段はいいのか？　と思いながらも納得する。ようするに消去法だ。

「畏(かしこ)まりました。でも、どなたに会うんです？」

「なに、ちょっと女王と会うだけさ」

「ああ、女王陛下ですか、……えっええ!?」

女王といえば、言うまでもなくこの国の頂点に君臨するお方。国民の敬愛と畏怖を一身に集める存在。

当然、サラはお会いしたことなどない。何かの折、新聞に掲載されたその美しくも凛々(りり)しいお顔を拝見するくらいだ。文字通り雲の上の人。

「では、行ってくる」

燕尾服(テイルコート)にホワイトタイという紳士の正装に身を包んだアイリが、颯爽(さっそう)と馬車に乗り込む。サラもそれに続く。今日はいつもの無蓋馬車ではなく、ブルーム式と呼ばれる箱型の四輪馬車だ。

「それでは姐(ねえ)さん、ご武運を。サラもな。って、お前、手と足が同時に動いてるぞ」

呆れるマーサに見送られて、二人を乗せた馬車はゆっくりと動き出す。

「そんなに緊張するな。別にサラが女王に拝謁するわけじゃない」

「そ、そうですけど、あのシシングハースト宮殿に行くんですよ？　女王陛下と同じ空間に足を踏み入れると考えただけで、あたしは震えが止まりません」

実際に震えているサラに、アイリは苦笑する。

シシングハースト宮殿は、リットンの中心に位置する女王の居城。そこに入れるなど、サラには想像すらしたことのない出来事だ。

春から初夏は、エルウィン島で一番美しい季節。長く寒い冬が終わり、日差しが暖かく降りそそぎ、庭では一斉に花が咲き出す。

そんな輝く季節の到来に合わせ、リットンでは『シーズン』と呼ばれる社交期が始まる。

「『シーズン』は『女王への拝謁(クイーンズ・ドローイング)』で幕を開けるのが、数百年前からの恒例。島の各領土に散らばっている貴族やジェントリーたちが、一斉にリットンに集結し、女王に挨拶と祝福を述べるため宮殿に赴くんだ」

「すべての貴族さまがですか?」

「ああ、そうだ。もっとも数百年前と違って、いまは貴族の数が多い。さすがに一斉に押し掛けると混乱を招く。そこで最近は、格式の高い家から順に、拝謁を願うことになっている。最上位の公爵家など、朝一から出掛けなくてはならないんだ。ご苦労なことだろ?」

アイリは声を上げて笑う。

「なるほどです。だから、アイリさまは、この時間なんですね」

「まあ、そういうことだ」

馬車の窓から見える景色は、すっかり闇に塗り潰されていた。

気を取り直し、アイリに話しかける。

「巷ではいろんな噂を耳にしますけれど、女王陛下って、一体どんな方なんですか？」

現女王は若くして、玉座についた。はじめはその若さを不安視されたが、いまでは口が裂けても、そんなことを言う者はいない。凡君ではない。だが名君か、はたまた暴君か、その判断が難しいというのが専らの評価。

女神の美しさと、獅子の勇敢さを合わせ持つと全国民から敬愛を集め、美しき雌羊の皮を被った獰猛な狼と他国からは恐れられる絶対なる支配者。その名に『勝利』を戴く我が国の女王陛下。

サラから巷での女王の評判を聞くや、アイリは鼻で笑う。

「そんなのは尾ひれのついた、ただの噂話だ」

「そうですよね」

安堵に胸を撫で下ろす。

「本当の女王陛下は、もっと怖い。それこそ獅子や狼が、可愛く思えるくらいにね」

「尾ひれがついて、話が大きくなるなら分かりますが、逆に丸くなることもあるんですね。知りませんでした」

「真剣に世界を征服する、とか言い出しかねない人だからな」

肩を竦めるアイリ。

獅子や狼より怖くて、なによりアイリにここまで言わせる。我が国の女王陛下は、あの美しい顔の下に一体どんな本性を隠しているのか。考えただけで、身震いしてしまう。


「さあ、着いたぞ」

出迎えの使用人が開けてくれた扉から、アイリに続いて、馬車を降りる。外へ出た瞬間、サラは呼吸を忘れた。

そこは光に溢れていた。もう夜だというのに、光の前に闇は払われ、昼間のように明るい。いや、太陽が雲の後ろに隠れることの多いエルウィンの昼間よりも、むしろ明るいのではないかと思ってしまう。

光の宮殿。そんな言葉が、頭に浮かんだ。

溢れる光の下で、人びとが輝いている。絹のドレスや胸に飾られたルビー、金縁の眼鏡が光を反射していた。不思議な世界に迷い込んだ気になってくる。

着いたのは宮殿の大玄関。そこから二階に上がり、待合の部屋へと通された。正直、その間の記憶がサラにはない。ふわふわと宙に浮いているような足取りで、気付いたら流れ着いていた。

「女王に拝謁してくる。サラは、ここで待っていろ」

アイリの声で我に返り、慌てて主の背中を見送る。

待合室というには広すぎる空間。その片隅で、サラはぼんやりとアイリの帰りを待つ。

部屋には幾人もの侍女や従者が、同じように主の帰りを待っていた。

（はて？）

ふと、サラは首を傾げた。何やら視線を感じる。チラチラとこちらをうかがうような視線。くすくすと笑う声も聞こえてきた。どれもサラに向けられているような気がする。

（何かやらかしたかな？）

サラが注目を集めるのは、決まって不手際の時。そう思って顧みるが、残念ながら心当たりしかない。考えるほど、あれもこれも不手際に思えてくる。

「ねえ、あなた。あなたって、あの女の使用人よね？」

頭を抱えていたサラに、声が掛かる。顔を上げると三、四人の侍女が立っていた。どの顔にも張り付けたような笑みが浮かんでいる。

「あっ、はい。あたしはガーネット男爵家の使用人で、サラといいます」

立ち上がって、頭を下げる。

「まあ、男爵家ですって。厚かましい～！」

一人の侍女が大袈裟に驚くそぶりを見せると、他の侍女たちは声を上げて笑った。

（なるほどです。お仕えしてまだ一か月。そんなあたしが男爵家の名を出すのは、確かに厚かましいです）

自分の至らなさに納得し、サラは忠告してくれた侍女に感謝する。

「ありがとうございます！　確かに、厚かましかったです」

「はあ、なんで礼なんて言ってるの？　皮肉のつもり？」

素直に感謝したつもりだったが、侍女は怖い顔で睨んでくる。なにやら誤解を招いたようだ。

「いえいえ、皮肉なんてとんでもない。あたしの至らなさを注意して下さったので、お礼を言っただけです、はい」

「あなたじゃないわ！　あの女が厚かましいと言っているのよ！」

「あの女？　アイリさまのことですか？」

「そうよ！　知らないの？　ガーネット家はもともと他の方が継ぐはずだったのよ。それをあの女、女王に取り入って男爵位を略奪したの。そのうえ、あんな男装なんかして。これ見よがしだわ！」

唾を飛ばし喚く侍女に、サラは唖然とする。だが、ハッと気がついた。

「あ、あなた……、もしかしてアイリさまのファンなんですか⁉」

「……はっ？」

「だってそうじゃないですか！　そんなにアイリさまやガーネット家の状況に詳しいなんて、普通じゃないです。きっと調べたんですよね、好きだから。分かりますよ、アイリさまは可愛いですから。あっ、それとも男装した美少年風の方がお好みですか？　確かに、そちらも捨て難いですよね。ですが、あたしはやっぱり――」

「ちょ、ちょっと、何言ってるの！　あの女のことは、リットン中が知ってるわよ！　いい加減にしなさいよ、あなた!!」

「あれ、怒ってみえます？」

予想に反し、激怒している様子の侍女。何がそんなに彼女を怒らせたのか、見当もつかないサラは只々戸惑う。

侍女の怒りは収まらない。

「いい気になるんじゃないわよ！　継承したと言っても、仮初めなのよ！　そもそもガーネット家なんて吹けば飛ぶような家！　この仮初めの、弱小貴族が！」

「あ、あの、落ち着いて下さい。それに拝謁って家格順ですよね？　それで皆さまもここにいるってことは、皆さまがお仕えする家も、ガーネット家とそう変わらないということではありませんか？」

サラとしては相手を落ち着かせるつもりで言ったのだが、明らかに逆効果。そして、とどめの一言。

「弱小貴族家に仕える使用人同士、仲良くしましょう！」

笑顔の一言は、その場の空気を凍りつかせた。目の前の侍女など、引き攣った顔が色を失っている。

さすがのサラでも分かった。どうやら言ってはいけないことを、口にしてしまったのだと。

「あ、あなたねえ!?」

怒りに震える侍女たちが、サラを囲むようにして詰め寄ってくる。身の危険を感じ、後退るサラだが、すぐに包囲されてしまった。

「ど、どうしよう……」

「随分と楽しそうじゃないか。良かったな、サラ。他家の先輩たちに可愛がって貰えて」

いつの間にか、すぐ後ろにアイリが立っていた。その姿に安堵を覚えたのも束の間、アイリの満面の笑みに戦慄する。とにかく怖い。

侍女たちも察したらしく、飛び退くようにして囲いを解いた。

「女王陛下のおわすシシングハーストで騒ぐとは、いい度胸だ。どこの家の使用人かは知らんが、言いたいことがあるなら、僕に直接言いに来い。気を使う必要はないぞ、どうせ仮初めの弱小貴族だ」

真っ青になっていた侍女たちの顔が、一斉に赤く染まる。

格の違いを見せつけると、アイリは踵を返す。

「行くぞ、サラ」

さっさと応接室を出ていくアイリ。サラはその場で一礼し、急いで主の背中を追う。

「あの、仮初めとは、どういうことでしょうか？」

先程の侍女の言葉が気になった。

「一時的、暫定、期限付き、そのままの意味さ。正式に継承が認められていないんだ。本来、貴族の継承に際し、女性は候補にならない。例外は『特別継承権』を持っている場合で、僕はその例外に則っている」

「だったら……」

「それでも女が爵位や家を継承することが気にくわない奴は多いのさ。そのことで、先程女王からもお話があった」

「じょ、女王陛下から!? なんて言われたんです」

「父親の事故と処遇に不服があるなら、自分の手で真相を暴き、周囲を黙らせてみろ、と言われた。不服だなんて、一度も口に出したことはないんだけどね」

そう言って、アイリは肩を竦める。

「あの、アイリさまのお父上って……」

「酔った挙句、階段を踏み外しての転落死。事故死ということになっているよ、世間的にはね」

その一瞬、アイリの青い瞳が強い光を放って輝く。

その輝きに、サラは震えた。


「さて、女王への挨拶も済んだ。そろそろ帰ろうか」

「もうですか？　下の大ホールでは舞踏会が行われているそうです。折角来たんですから、踊っていかれてはどうですか？」

「舞踏会というのは、ようやく飛び方を覚えた雛鳥(ひなどり)たちが集まるところだよ」

「雛鳥、ですか？」

首を傾げるサラに、アイリは説明を加える。

「十六、七歳になると、貴族の令嬢たちは社交界にデビューする。中には十五歳でデビューを迎える子もいるな。そんな心浮き立たせたご令嬢の初舞台が、あの大ホールの舞踏会なんだ。今夜もきっと、多く雛鳥たちが集まっていることだろうよ」

ちなみに女性の髪に飾られた羽根は、二本だと未婚、三本だと既婚を表すと教えて貰った。

「なるほど、そうなんですね」

深く頷(うなず)きながらサラは感慨深げに、隣に並ぶ女主人の顔を見つめる。

「なんだ、その顔は？　非常に腹が立つぞ。何か下らないこと考えてないか？」

不審に感じたのだろう、アイリは背を逆立て威嚇する子猫のような顔でサラを睨む。

「いやいや、そんなことはありませんよ。ただ、アイリさまも一、二年後には社交界デビューか、なんて思ったら感慨深くって。子供の成長は――ぎゃあああ！」

唐突に走る激痛に、サラは脛を抱えて蹲る。

「一体、僕を幾つだと思っているんだ？　今年で十九だぞ！　社交界デビューなんて、遥か昔の出来事だ！」

「えええっ、まさかの年上!?」

精々十四、五歳と思い込んでいた主が、自分より二歳も年上だという事実。サラは驚愕する。

「屈辱的だ。まさか童顔のサラにまで年下と思われていたとは……」

唇をかんで悔しがるアイリ。サラは急いで謝罪する。

「も、申し訳ありません。ですが、若く見られることは良いことじゃないですか？」

「うるさい！　さっさと帰るぞ。今日はリットン中の貴族が集まってくる。煩わしい奴と顔を合わせて、これ以上不快な気分に――」

「相変わらず奇抜な恰好をしておられますな、ミス・ガーネット。いや、ミスター・ガーネットとお呼びした方がよろしいですかな？」

不意に背後から声がかかる。反射的に振り返ったサラの耳に、横から鋭い舌打ちの音が飛び込んで来た。

後ろに立っていたのは、燕尾服を着た背の高い男。整った顔立ちで、上品に口ひげを生やしている。いかにも貴族然とした紳士だが、その顔に浮かべた笑みが胡散臭い。

一目で嫌な奴と断定しながらも、サラはその顔に不思議な既視感を憶えた。当然、顔見知りのはずはないのに。

「ロード・ガーネットもしくは、女男爵ガーネットとお呼び下さい、叔父上。いいえ、ミスター・シーフィールド」

長身の紳士と向き合ったアイリは、毅然と言い放つ。

瞬間、男の顔から笑みが消え、こめかみのあたりに青筋が浮かび上がる。

思わずサラは喝采を上げそうになり、慌てて口を押さえた。

(いや待って、待って！　いま叔父上って――)

はっ、としてもう一度、男の顔を見る。既視感を覚えるはずだ。確かにその顔立ちはアイリを思い起こさせる。

だが、アイリのような輝きはそこにはなく、逆に言い知れぬ暗さを帯びていた。

「そのような恰好で女王陛下に謁見するつもりか。恥を知れ！　一族の面汚しが！」

潜めてはいるが、鋭い声が飛ぶ。先程までの貴族然とした雰囲気は霧散し、男は剝き出しの敵意をアイリに向ける。その豹変ぶりに、思わずサラは半歩後退った。

「ご安心下さい。女王への謁見は、もう済ませました。この恰好も、大変喜んで頂けました。もしお疑いでしたら、どうぞ女王に直接お伺い下さい」

ランドルフの敵意も、どこ吹く風。アイリは澄まし顔で答える。

ふん、と忌々しげに鼻を鳴らすと、ランドルフは大股でサラの横を通り抜けていく。

「ところで叔父上、我が家から『青い花』が持ち出されました。お心当たりはありませんか？」

この場を離れようとしたランドルフを、アイリは呼び止める。いままで聞いたことのない冷たい響きに、サラは反射的にアイリを見た。刃物のような鋭い眼光。その光にたじろぐ。

「し、知るわけないだろ！　無礼な！」

叫ぶように喚くと、ランドルフは足早に奥の人混みへと消えていった。その姿が見えなくなったのを確認し、サラは大きく胸を撫で下ろす。心臓はまだ、激しく胸を叩いていた。

「大丈夫か？」

気遣う声に、横を見ると、アイリがこちらを見上げている。先程が見間違いであったかのように、いつもの変わらぬ不敵な笑みが浮かんでいた。

「すまなかった、見苦しいところを見せて」

「いえ、大丈夫です。ちょっと、びっくりしただけで。先程の方は、アイリさまの叔父上さまなのですか？」

「そうだ。父の弟で、僕の叔父にあたるランドルフ・シーフィールドだ」

どこか困った様子でアイリは答える。

「なんか随分とアイリさまに突っかかってきましたね。顔を合わせたくない煩わしい奴って、あの方ですか？」

「ああ、彼もその一人だ。僕がガーネット家を継承したのが気に入らなくて、事あるごとに突っかかってくる。どうしようもない小心者さ。やり込めるのは容易いが、煩わしくてかなわない。出来れば顔を合わせたくなかったんだ」

先程のやり取りを思い出す。

「そういえばミスター・シーフィールドと呼ばれた途端、顔色を変えていました。どうしてですか？」

「貴族の呼び掛け方には、爵位や立場によっていろんな決りがあるんだ。『ミスター』は子爵以下の息子や、爵位のない者を呼ぶときに使う。彼は男爵位を継げなかったことを恨んでいて、爵位を保持していないことを気にしている。だから、あえて『ミスター』と呼んでやったのさ」

「つまり皮肉ですね」

少々呆れ気味のサラに、心外だ、とアイリは反論する。

「最初に仕掛けてきたのはあっちだ。彼は僕を『ミス』と呼んだ。あれは子爵以下の貴族の娘への呼び方なんだ。つまり僕を男爵と認めていない、そう暗に匂わせたんだ。だから、男爵への呼びかけ方である『ロード』に訂正してやったのさ」

ちなみに伯爵以上の貴族の娘になると、『レディ』と呼び名が変わる。夫人の場合も、侯爵以下の夫人は『レディ』だが、最高位の公爵夫人だけは『ダッチェス』となる、とアイリは付け加えた。

「あの短い会話の中で、それだけの応酬があったわけですね。凄いと言うべきか、なんと言うべきか。まるで子供の喧嘩ですね」

「キミがそんな顔をするな！　サラに呆れられると、なんか腹立たしい」

兎にも角にも、アイリと叔父ランドルフの仲が、良好でないことは分かった。サラはその事を胸に留めておく。

そのまま二人でわいわい言いながら、大玄関の方へ向かう。

「そういえば『青い花』がどうとか、訊ねてみえましたけど……」

「何でもない。気にするな」

あらぬ方向を向いて、アイリは答える。

「そうですか」

明らかに何かありそうだが、サラはそれ以上訊ねなかった。

「お願いです、中へ入れて下さい！　女王陛下に拝謁を！」

大玄関は拝謁をすませ帰る者で、いまだ混雑していた。

その大玄関に、女の悲痛な叫びが響く。その場にいた全員の視線が、一斉に声の主に向けられる。アイリと帰りの馬車を待っていたサラも、何事かと目を向けた。

叫び声の主と思しき女が、衛兵と何やら揉めていた。女の身なりは美しいが、必死で衛兵に食い下がる姿には鬼気迫るものがある。振り乱した髪には、三本の羽根が飾られていた。

「何かあったんでしょうか？」

「恐らくは女王に謁見を願い出た彼女を、資格がないからと衛兵が止めているんだろう」

その頃には周囲も状況を理解したらしく、誰も騒ぎ立てるような者はいなかった。

「ほらあれ、噂のシムネル公爵のところの」

「ああ、あれが。まあまあ、必死だこと」

あちらこちらから忍び笑いが聞こえてくる。その響きが、サラには不快だった。

「有名な方なんですね。皆さん、知ってみえるようです」

「シムネル公爵のご夫人だ。ある意味、いまリットンで一番有名なご婦人でもある」

当然アイリも知っているようだが、その声音には必要以上の感情は籠っていなかった。

そのことにサラは安堵する。

「あんなに取り乱されて。何とかしてあげられないんですか？」

「規則だからな」

やきもきしているサラを置いて、そのまま馬車の方へ向かおうとするアイリ。だが、不意にその足が止まる。

「アイリさま？」

「亡くなったシムネル公爵は、大変な園芸家だったという話だ。珍しい植物を多く収集していたとか……」

アイリが園芸に興味を持ってくれるのは嬉しい。だが、なぜいま急に話題にしたのか分からず、サラは困惑気味に主の様子をうかがう。

そんなサラの戸惑いを他所に、アイリは人混みを縫って歩き出す。慌ててサラも、その後に続く。

「失礼。少しよろしいか？」

いまだ揉めている女と衛兵に近づくと、アイリはそう切り出した。キッと涙に濡れた目で、女はアイリを睨みつける。邪魔するな、と言わんばかりだ。

だが、その程度のことを気にするアイリではない。

「僕はアイリーン・ガーネット。女男爵です。ここで揉めても埒が明きません。一度、日を改められては如何ですか、ダッチェス・シムネル」

　はっ、と女の顔に驚きが溢れる。そのまま茫然とアイリの顔を見つめるシムネル夫人から、強硬な雰囲気は消えていく。代わってその目からは、新たな涙が零れる。そして何度も小さく頷いた。

　衛兵と並んで様子を見守っていたサラだが、突然の軟化にただただ驚く。それでもアイリの目配せで、慌てて崩れそうな夫人の体を支える。そのまま三人でガーネット家の迎えの馬車に乗り込んだ。馬車の中から見えた衛兵の安堵した顔が、妙に印象的だった。

　夫人が落ち着くまで、少し時間を要した。

　揺れる馬車の中で、サラは夫人の様子をうかがう。美しい女性だと思う。小麦色の肌と、ウェーブのかかった黒い髪に、異国の風を感じる。いまは憔悴し、頬もこけ、本来は弾ける様であろう魅力がなりを潜めていた。サラはそれを残念に思う。

「先程は大変失礼しました」

　絞り出すようにして、夫人は言葉を口にした。

「大丈夫ですか？　気分が優れないようでしたら、我が家で休んでいかれては？」

　アイリの提案に、シムネル夫人は首を振る。

「家で子供たちが待っていますので、このまま帰ります」

「分かりました」

御者に向かって、アイリは行き先の変更を指示する。窓の外は暗く、等間隔に並んだガス灯の明かりだけが、ぼんやりと闇に浮かび上がっていた。

「私はマリス。マリス・シムネルと言います。ご存じだとは思いますけど」

そう名乗ると、シムネル夫人は自虐めいた笑みを零した。

「ええ、存じ上げております。あらためまして、僕はアイリーン・ガーネットです。お見知りおきを」

「かねがね噂は伺っていました。お会い出来て光栄よ」

「こちらこそ」

差し出された夫人の手を下から支え、アイリはその甲にうやうやしく口づけした。見惚れるくらい優雅な仕草だが、サラは何故かドキドキしてしまう。

「今夜あの場にお見えになったのは、やはり女王に直接状況を訴えられるためですか?」

「ええ。なんとか女王に苦境を知って頂き、情けにすがろうと。無理は承知のことです。ですが、他に手もなく……」

シムネル夫人は目頭を押さえ、アイリは深くため息を吐く。一人だけ事情の分からないサラは、重苦しい雰囲気に、ただひたすら大きな体を小さくしていた。そんなサラに、ようやくアイリが気付く。

「紹介が遅れました。こちらは当家の侍女兼、庭師のサラ・サザーランドです」

「はい。あたしがサラで――、ぐえっ！」

いきなり自分の名前を出され、サラは焦った。挨拶しなければと、急いで立ち上がったのが間違い。低い馬車の天井に、勢いよく頭をぶつけた。派手な音と共に頭を襲う激痛。目玉が飛び出るほどの痛みに、堪らずその場に蹲る。

あまりのことにアイリはこめかみを押さえ、シムネル夫人は泣くのも忘れて唖然となる。

「さ、サラ・サザーランドです。お、お見知りおきを」

顔を上げ、なんとかそれだけは言い終えると、ふたたび蹲る。激痛をやり過ごしていると、ふふふっ、と零れるような笑い声。もう一度顔を上げると、堪えきれないといった様子で夫人が笑っていた。

「面白い子ね。女の子なのに庭師なの？」

「あっ、はい、そうです」

出会って初めて見る夫人の笑顔は、思っていた通り素敵だった。

場がようやく明るくなったころ、馬車はシムネル邸の門を潜る。シムネル邸は明かりが消え、暗闇に沈んでいた。夜遅い時刻とはいえ、主の妻が帰宅したというのに、明かり一つ点いていないのが気になった。

玄関前で夫人を降ろした時も、迎えに出てくる者は一人もいなかった。

「数日のうちに、様子を伺いに上がります」

そう約束して馬車に乗り込むアイリ。

ようやくランプを下げた大柄な男が、屋敷から出て来た。男に声を掛けてから、夫人は馬車の中のアイリを見上げる。その顔に少女のような笑みを浮かべて。

「あの時、『ダッチェス』と呼んで下さいましたね。とても嬉しかったわ。おやすみなさい、女男爵ガーネット」

一瞬、虚を突かれたような顔をしたアイリだが、すぐにニコリと微笑み返す。

「おやすみなさい、ダッチェス」

「サラ、さっきは助かったよ」

帰りの馬車の中、突然アイリはそう切り出した。だが、サラには礼を言われる心当たりがまるでない。

「なんのことですか？」

「馬車の天井に頭をぶつけたことさ。あれで夫人の心持ちが、随分とほぐれた。暗い雰囲気を察して、わざとドジを演じてくれた……なんてことはないか」

「当り前です。買い被らないで下さい。通常運転です」

自信満々の答えに、アイリは苦笑する。

「威張るな。だがサラのドジも、たまには役に立つということだな。何はともあれ、助かったよ。女性の涙は苦手なんだ」

「シムネル夫人、随分とお困りのご様子でした。一体、何に困ってみえるのですか？」

「夫であるシムネル公爵が去年亡くなって、彼女はいま継承問題に巻き込まれているんだ。シムネル家はエルウィン貴族の中でも屈指の名家だからね。いやが上にも注目を集める」

「継承問題ですか？　お子さまはいらっしゃるようでしたが」

継承で一番問題となるのは、跡継ぎがいない時。だが、シムネル夫人は、家で子供たちが待っていると言っていた。

「ああ、確か子供は男女一人ずついるはずだ。貴族の相続制度は、長子相続（プライモジェニチア）。土地、財産、爵位のすべてを長子が相続することになっている。今回の場合は、彼女の息子だ。普通であればね」

「問題になっているってことは、普通ではないんですね」

「そういうことだ。問題は彼女の立場。もともと彼女は貧しい労働者階級の出身で、劇場で踊り子をしている時、シムネル公爵に見初められたらしい」

「おお、身分を超えて結ばれたわけですね。そういうの憧れます。小説みたいで」

「意外なことを言うね。ちなみに、法律的には階級を超えた結婚も認められているし、その事例も幾つかある。だが、下らない面子や体裁を気にするのが貴族だ。周囲からは結婚を猛反対されたらしい。なまじ名門だから、余計に風当たりも強い。結局、公爵は周りに配慮して、正式な結婚はせず内縁の妻という形にして事を収めた」

アイリは頭の後ろで手を組み、馬車の天井を見上げる。

「それだと問題があるんですか？」

「大ありさ。内縁の妻だと、形式上は赤の他人。当然、彼女の息子に継承権は発生しない」

「えっ、公爵の血を引いているのに？　じゃあ、夫人はどうなるんですか？」

「血を引いていようが、庶子には何の権利も認められていない。故人に男子がいなかった場合、男系の血筋を順にたどり一番近い親戚に相続人を求める。そして赤の他人である彼女と子供たちを、屋敷に残しておく必要はない。行く宛もないのに、屋敷を放り出されることになるだろう」

「そんな！」

サラの声が大きくなる。

「当然、彼女も不服を申し立てているが、ひっくり返すのは難しいだろうな」

「では、どうするんですか？」

勢い込むサラに、アイリは首を傾げる。何を訊かれているのか、とんと分からない様子。

「どうもしない。さっきも言ったけど、そういう規則だ」

「えっ!? でも、先程夫人に助けに行くと言ってたじゃないですか？」

「言葉は正確に聞くんだ。僕は様子を伺いに行くと言っただけで、誰も助けに行くなんて言ってない」

「言ったも同然です！」

いまにも泣き出しそうな顔で訴えられ、アイリは困り顔でこめかみのあたりを掻く。

「いいか、サラ。貴族の継承問題はいまに始まったことじゃないし、それほど珍しいことでもない。今回世間の注目を集めているのは、最高位の公爵家のスキャンダルだからだ。第一、全てを引き継ぐ長子と、何も与えられない次男以下。そこですでに不公平が生じている。問題が起きないはずがないんだ。まともに取り合っていたらキリがない」

「だったら、どうして様子を伺いに行くなんて言ったんです？」

「それは園芸家として有名なシムネル公爵の庭を見るのに、いい機会だと思ったからだ」

サラも見てみたいだろ、と訊き返された。

いつもなら二つ返事で同意するところだが、今回ばかりは素直に首を振れない。

「アイリさまは、シムネル夫人のことを『ダッチェス・シムネル』とお呼びになりました。『ダッチェス』は公爵夫人の尊称です」

「気付いていたのか」

アイリは苦笑する。

「喜ばれていたじゃありませんか、シムネル夫人。きっと、いままで誰も呼んでくれなかったんだと思います。周りすべてが敵である彼女にとって、たった一人でも味方がいることほど、救われることはありません。期待には、全力で応えてあげましょうよ」

「あれは、少しでも夫人の気を引くために——」

「アイリさまも、嬉しかったはずです。公爵夫人に、女男爵と呼ばれて」

「……」

去り際に掛けられたシムネル夫人の言葉と、その時のアイリの表情を、サラははっきりと覚えている。

アイリは恨みがましい目でサラを見つめていたが、最後は根負けしたかのように、長いため息を吐く。

「分かった。やれる事はやってみよう。とにかく明日、夫人を訪ねて話を聞く。全てはそれからだ。当然、サラも同行するんだぞ」

「もちろんです！　ありがとうございます」

深々と頭を下げるサラ。

「先に言っておくが、僕でも必ず解決出来るわけではない。そのことは忘れるなよ」

「大丈夫です！　アイリさまなら、必ず解決できます！」

「僕以上に、僕の能力を信用するのはやめてくれ」

うんざりした顔で、アイリは窓の外を見ていた。

翌日、アイリはサラを伴い、シムネル公爵邸を訪ねた。

「女男爵ガーネット。よくお越し下さいました」

シムネル夫人自ら出迎えてくれた。一晩経ったからか、落ち着きを取り戻し、血色も多少良くなっている。そして、アイリを見るなり、くすりと笑った。

「ふふふ、嬉しいわ。素敵な紳士さまを迎えられて」

「お褒めに与り、光栄です」

アイリは慇懃に頭を下げる。

今日のアイリはラウンジスーツに、半球状の山高帽を被り、靴は踝まであるショートブーツ。手にはアニマルヘッドのステッキ。昨夜から一転、ふらりと散歩に出掛けたようなカジュアルな服装だ。

夫人に案内され、邸宅の中へ。さすが最高位の公爵邸だけあって、シムネル邸はアイリの邸宅より遥かに広く、造りも立派だった。

(建物は立派なんだけど……)

広い室内を案内されながら、サラは胸のうちで呟く。

その広大な邸宅に対し、調度品の類は少なく、がらんとした印象を受ける。掃除や手入れも、所々行き届いていないように見えた。相変わらず使用人の姿も見かけない。

「見苦しい室内でごめんなさい。夫が亡くなってから、使用人たちが次々辞めてしまって、残ってくれた者たちだけでは手が回らないの。調度品なんかも、親戚の者が勝手に持ち出してしまって……」

サラの胸中を察したのか、シムネル夫人は困り顔で教えてくれた。

「ご苦労の程、お察しします。弱った獲物に集るのは、貴族も獣も同じ。返す掌を持たない獣の方が、まだ可愛げがある」

「あなたも苦労なさったのね」

吐き捨てるように言ったアイリに、夫人は優しく微笑んだ。

「今日は太陽も出ているし、風も穏やかだから、テラスでお茶にしましょう。太陽の出ている日にお茶を楽しまないのは、雨の日に傘を持たないで外出するようなものだわ」

エルウィンではお馴染みの諺を口にしながら、夫人はアイリたちをテラスに案内する。

テラスからは、庭が一望できた。

（す、素晴らしい!!）

サラは叫び出したい衝動を必死に堪え、駆け出しそうになる足を懸命に宥めた。

まずサラを圧倒したのはその広さ。見渡す限り、緑の景色は続いている。次にその緻密さ。庭の中央を真っすぐに通る池がある。その池を中心に、庭は幾つかに区画分けされ、区画ごとに様々な草花が植えられていた。

初夏を迎えるこの時期、庭は最も美しくなる。久しぶりに顔を出した太陽の光を浴びて、池の水面は輝き、溢(あふ)れんばかりの緑が萌(も)える。

「サラ、今日の目的を忘れるなよ。庭を見て回るのは、話を聞いた後だ」

逸(はや)るサラの気持ちを見越し、アイリが釘(くぎ)を刺す。

「そ、そんな……」

極上の餌を前に、「待て」と言い渡された犬の気分。もはや一種の拷問だ。

「さあ、お茶にしましょう」

ようやく姿を見せたメイドが、テラスにお茶の用意をしていく。

「あなたもお掛けになって」

夫人はサラにも声を掛ける。思いもかけないお誘いに恐縮するサラを、夫人は強引にアイリの隣に座らせた。

どぎまぎしながら席に着いたサラだが、テーブルの上を見た途端に目を輝かせる。そこには庭の花のように鮮やかなジャムタルトが並んでいた。生地にジャムをのせて焼いただけのシンプルだが、エルウィンのティータイムに欠かせないお菓子。特に中央に置かれた、大きなタルトが目を引く。

「急なことで簡単な物しか用意できなかったけど、我慢してね」

夫人は小さく舌を出す。

それでもジャムタルトは華やかで、美味しかった。

「単刀直入にお伺いしますが、あなたと公爵は正式に結婚されていましたか？」

ティータイムも落ち着いた頃合いを見計らい、アイリが本題を切り出す。言葉通りの直接的な問いかけに、サラは思わずお茶を噴き出しそうになった。

「分かりません。正直、当時の私は結婚の手続きすら分からず、全て彼に任せていましたから」

予想していたからか、アイリの問いかけにも、夫人は慌てる素振りは見せなかった。

アイリは少し間を置いてから、話を続ける。

「今回の継承問題、争点はあなたと公爵の結婚が成立していたかどうか。その一点につきます。もし結婚が正式に成立していたと証明出来れば、あなたのご子息は継承の第一候補。この館も、財産も、爵位も、失わなくてすみます」

「結婚が成立していたと証明するには、どうしたらいいんですか？」

クリームをたっぷりと塗ったスコーンを頬張りながら、サラが口を挟む。アイリは少し顔を顰しかめる。

「口に物を詰め込んだまましゃべるんじゃない。結婚は契約だ。教会が発行している証明書に署名し、受理されれば成立したことになる」

「結婚は契約って、夢がないですね。それはさて置き、その結婚証明書があればいいんですか？」

サラとアイリは、同時にシムネル夫人の方に目を向けた。夫人は少し頬を赤らめ、弱々しく首を横に振る。

「アイリさま、他に証明する方法はないんですか？」

「まあ、正式な証明書がなくとも、親戚縁者もしくは信頼できる周囲の人間が、確かに二人は結婚していたと証言してくれれば可能性はあるんだが」

アイリが問いかけるより先に、夫人は目を伏せてしまった。誰からともなく、ため息が漏れる。

「まあ、仕方ない。財産を渡したくない親類共が、夫人に都合のいい証言をしてくれるわけはない。公爵の友人や長年仕えていた執事、使用人が証言してくれないかとも思ったが、どうやら先に手を打たれたらしい」

「手を打たれたって、どういうことですか？」

「公爵の死後、使用人が次々に辞めたとおっしゃっていただろう。おそらく親類連中が裏で手を回したんだ。もともと貴族連中は保守的で、階級を超えた結婚には否定的だ。味方してくれる可能性は低いと思っていたけれどね」

「そ、そんな……」

俯いたままの夫人が痛ましくて、サラは喉元まで出かかった言葉を呑み込む。つい恨みがましい目で、アイリを見てしまう。

「そんな目で僕を見るな。僕だって万能ではないと、言っておいただろ？」

不服げな顔を見せるアイリだが、それでも夫人に向き直る。

「シムネル夫人、本当に公爵は何もおっしゃっていませんでしたか？　或いは何か託された物はありませんでしたか？」

「どういうことでしょう？」

夫人は困惑の表情で、男装の女男爵を見る。アイリは突然立ち上がると、テラスを歩き回りだす。

「僕は生前の公爵に会ったことがある。とても聡明で、思慮深く、抜かりない方だった。そんな公爵が、このような事態を想定していなかったとは思えない。考えてもみてくれ、公爵は夫人より二十近くも年上だ。常識的に考えて、自分が先に死ぬのは間違いない。火を見るよりも明らかだ」

「し、失礼ですよ、アイリさま！」

それこそ常識的な物言いをして欲しい。だが、アイリは構わず続ける。

「自分が死ねば、当然、継承問題が勃発する。本当に夫人を愛していたなら、何らかの手を打っておいて然るべきだ。愛しているならね！」

（や、やめて！　そんな言い方したら何も手を打っていなかったら、愛してなかったことになりません？）

内心冷や汗をかきながら夫人の様子をうかがうと、彼女は俯いてしまっている。

「ふ、夫人？」

「もしかして、これのことでしょうか？」

慌てて声を掛けたサラを他所に、夫人は首から下げていたペンダントをアイリに示した。

「それは？」

「亡くなる一年半ほど前でしょうか、夫から贈られた物です。何かあった時に、君を守ってくれる物だから、と渡されました。それ以来、肌身離さず身に着けております」

「何かあった時に、ね。失礼ですが、見せて頂けますか？」

夫人から受け取ったペンダントを、アイリは掌に載せて観察する。サラも横から覗き込む。二インチ（約五センチ）四方の菱形で、細かな装飾が施されている。四つの角にはめ込まれているのはルビーに見えた。中央部分は格子柄の透かしになっており、透かしの真ん中に花の意匠。

（花びらが六枚。何の花だろう？）

サラは首を傾げる。

「かなり手の込んだものですね。公爵から贈られたと言ってみえましたが、誕生日か何かの贈り物ですか？」

ペンダントを調べながら、アイリは夫人に訊ねる。

「それが不思議なことに、思い当たるものが無いんです。いつものように朝から庭いじりをしていて、戻ってくるなり上機嫌でこれを差し出したのです。何でもない日だったので、逆に印象に残っています」

「他に覚えてみえることはありますか？」

「そういえば、『プレゼントを受け取る時は、リボンを解くんだよ』とも言われました。ペンダントにはリボンなんて掛かっていなかったから、それも不思議で……」

「なるほど。ところで、ルーペをお借り出来ますか？」

夫人から借りたルーペで、アイリはペンダントの裏をしきりに見ている。

「どうかしましたか、アイリさま？」

「裏に文字が彫ってある」

えっ、と夫人とサラが同時に声を上げる。夫人も文字には気付いていなかったようだ。

「指輪の内側に詩や愛のメッセージを彫り込むポージーリングは、今も昔も人気だからね。

それと同じようなものだろう」

「な、何て書いてあるんですか？」

「『天国の門の鍵と共に、愛の証を埋める』だそうだ」

読み終えると、アイリはペンダントを持ち主へと手渡す。受け取った夫人の方は、戸惑い顔。

「お心当たりはないようですね」

「えっ、ええ、まったく」

夫人は戸惑いながら、首を横に振る。

「愛のメッセージにしては、不思議な言葉ですね」

「そうだな。だが、公爵の残したヒントには違いない。これを頼りに探すしかないだろ、その愛の証とやらを」

「でも、どこを探すんですか？」

「そんなの、決まっているだろ？」

やれやれと肩を竦めながら、アイリはテラスの向こうに広がる庭に目を向けた。

「どうやら、この庭には秘密があるようだ」

「ペンダントを渡す直前まで庭をいじっていたというし、公爵は園芸好きで有名だ。そしてペンダントの中央には花の意匠」

「なるほど、庭を探せ、と言っているようなものですね」

アイリとサラは連れ立って庭へと向かう。夫人から庭に入る許可は貰ってある。

「図らずも庭を捜索することになってしまった」

「最高じゃないですか！」

無邪気にはしゃぐサラ。その様子に呆れ気味のアイリに続いて、シムネル邸の庭へ降り立つ。目に飛び込んで来た緑の景色。美しく整備され、見る者を圧倒するその姿、サラは感嘆のため息を漏らす。

「なかなかいい庭なんじゃないか？　僕にはよく分からないが――」

「この庭は、典型的な整形庭園です」

おっ、と振り向くアイリ。そこには一心に庭を見つめるサラがいた。

「整形庭園？」

「はい。特に王政の盛んな国で好まれた様式で、文字通り整形された庭園です。最大の特徴はシンメトリー。この庭も中央を走る水路のような池を境にして、左右対称にフォーマルな花壇を配し、統一美を誇っています」

「なるほど。本来、自由気ままな自然を統制し、統一美を見出した庭というわけか」

「そうなんです！　この様式の庭は広くなだらかな土地が必要で、起伏の多い土地柄のわが国では残念ながら流行りませんでした。それだけに、これだけ見事な整形庭園は貴重――」

はっ、とサラは我に返る。

「す、すみません、一人でベラベラしゃべってしまって。し、しかもアイリさまの言葉を遮るなんて……」

「いや、構わない。なかなか、よい講義だった」

叱責されるかと震えたサラだったが、思いがけずお褒めの言葉を貰ってしまった。満足げなアイリの顔を見て、ほっと胸を撫で下ろす。

「本当に素敵な庭です。あたしなら、毎日散策するのに……」

「先程の夫人のことかい？」

物憂げな表情のサラに、アイリは声を掛ける。

庭の散策に出る際、一緒にどうかと、アイリは夫人を誘った。サラの助言だ。

公爵が園芸好きなら、当然、夫人も好きに違いない。毎日のように庭を歩いている彼女が一緒なら、散策もより楽しい、もとい探索もスムーズに進むと考えたからだ。

当り前に色よい返事を期待していたが、

「申し訳ありません。私、庭にはあまり出ないんです。その、虫が苦手で。ここから眺めるのは好きなんですけど……」

すまなそうに、夫人は首を振った。

「あの時のサラの顔は傑作だった」

思い出したのか、アイリは堪らず噴き出す。

「笑わないで下さい」

むすっ、と頬を膨らますサラ。

「すまんすまん。そう、気を悪くするな。夫人だって、庭を嫌っているわけじゃない。眺めるのは好きだと言っていた。楽しみ方はそれぞれさ」

「そうですね」

アイリの言葉に、サラは素直に頷く。

「そうだ、顔といえば初めてアイリさまを見た時、あたしは整形庭園のことを思い浮かべたんです」

「うん？　どういうことだ」

「はい。顔の中央を真っすぐ通る鼻梁を中心に、眉、瞳、唇と完成度の高いパーツが完璧なシンメトリーで配置されている。ああ、この人のお顔は整形庭園のように美しい。そう思ったのです」

サラはうっとりしながら、言葉を紡ぎ出す。それを聞くや、アイリは堪らず噴き出した。

そして声を上げて笑う。

「いままでいろんなものを引き合いにして、この美貌を誉めそやされてきたが、庭に喩えられたのは初めてだ」

豪快な笑い声とは裏腹に、その頬は赤みを増しているように見えた。照れていたのかもしれない。

笑われたのは心外だが、アイリの珍しい表情が見れたので良しとする。

庭の散策を始めると、アイリは意外な熱心さを見せた。

咲き並ぶ花を、一つ一つ丁寧に確認しているようだった。とても園芸に興味がないとは思えないその姿に、サラは少なからず驚く。

「こうして見てみると、青い色の花というのは、存外少ないものだな」

アイリがそんなことを言い出したのは、庭の半分ほどを見終わった頃。さすがに顔と声に、疲れが見え隠れする。

「青い花ですか？　そうですね、白や赤系に比べると少ないかもしれないです。品種改良が進むバラにも、青い色はまだありませんし」

「なるほど。それにしても広い庭だな。まだ折り返しか。万年土地不足に悩むリットンで、これだけの土地を確保出来たことがまず驚きだ。そしてこの広大な庭を維持、管理するのに一体、どれほどの庭師が必要だったことか。この庭は公爵家の圧倒的な財力をよく物語っている」

さすがのアイリも感心している。

「そうですね。でも、使用人と同じように、庭師の方も多くが辞められているんですよね。一人だけ残った庭師長が、いまは手入れをされているというお話でしたが……」

遠くから見た時は気づかなかったが、こうして散策すると、庭のあちこちに綻びが見えた。伸びた雑草、花期が過ぎ枯れたままの花壇、水不足で黄ばんだ芝……。

庭師が一人で管理するには、この庭は広すぎる。遠からずこの庭は、庭ではなくなるだろう。今がまだ美しいだけに、サラにはそれが悲しかった。

噂をすれば影がさす。丁度、作業中の庭師に出くわした。ハンチング帽の下の顔はよく日に焼け、下半分をひげが覆っている。がっしりした体格の、武骨そうな男だった。

「庭のことは、庭師に訊くのが手っ取り早い。何か知らないか話を聞いてみよう」

「あっ、アイリさま、ダメですよ！」

慌てて引き留めようとするサラに構わず、アイリは作業中の庭師に声を掛ける。

「キミはここの庭師だな。少し話を訊きたい。いいかな？」

「……」

アイリが話しかけると、男は大きな目でこちらを見た。だが、そのまま何事もなかったかのように作業を続ける。何度アイリが話しかけても、もう振り向きもしなかった。

「ははは っ、仕事が忙しくて返事をする暇もないということかな？ それじゃあ、仕方ないね。嫌でもしゃべりたくなるようにしてやろうか！」

「落ち着いて下さい、アイリさま！ ステッキを握りしめながら、物騒なこと言わないで！」

笑顔で青筋を立てるアイリを、サラは後ろから抱きかかえ、慌ててその場から引き離す。

「なんだ、あの庭師は！ この僕が話しかけているのに無視しやがって！」

「まあまあ、落ち着いて下さい。仕事中に声を掛けてはいけませんよ。腕のいい庭師ほど、自分の仕事を邪魔されたくないものなんです」

サラは宥めるが、ふん、とアイリはむくれたままそっぽを向く。容姿と相まって、まるで拗ねた子供のようだった。

二人が最後に辿り着いたのは、庭の端にある一角。刈り込まれたツゲに囲まれて、円筒型の花壇が幾つか並んでいる。花壇の縁は銀色のラムズイヤーが飾り、中央には灌木が植えられ、人型に刈り込まれていた。

「トピアリーですね」

「トピアリー？ なんだそれは」

「庭木をいろいろな形に刈り込んだもののことです。丸や三角など簡単なものから、鳥や動物など複雑なものまで形は様々。これはかなり精巧です。でも、誰でしょう？」

細部まで綺麗に刈り込まれた庭木を見上げる。同じ人型ではあるが、よく見ると花壇ごとにそれぞれ特徴を持っていた。

「おそらく聖人や使徒を模しているのだろう。たとえばこれ、聖書らしきものと、シャベルを持っているように見えないか？」

アイリは手前のトピアリーを指さす。確かに右手に本のような物を、左手にシャベルを持っているように見える。

「あっ！」

サラはポンと手を打つ。そのトピアリーが、園芸を司る聖人を模していると分かったからだ。ポイントはシャベル。彫刻や聖画でも共に描かれるほど、その聖人を象徴するアイテムだ。

「間違いないだろう。他のもよく特徴を表していて、ちゃんと判別出来る。大したものだ」

「ええ、これだけ精緻に刈り込めるのは、庭師の腕がいいからです」

「庭師。あいつか」

感心していたアイリの顔が、一気に曇る。先程のことを思い出したのだろう。

「とにかくこれで庭を一通り見て回ったわけだが、サラは何か分かったか？」

「この広い庭の中から、何かを見つけ出すのは困難だということが分かりました」

「要するに、何も分からなかったということだな」

きっぱりと切り捨てられ、サラはしゅんと首を竦める。

「僕も似たようなものだ。さすがに何か手掛かりがないと難しい」

「手掛かりですか？」

「そうだ。例えば、公爵が残した愛の証とは、おそらく二人の結婚を証明するものだと推測される。ということは隠し場所も、それに係わっているのかもしれない」

「なるほど。結婚や婚約、挙式なんかに纏わる花とかですかねえ？」

「いいぞ、サラ。結婚に纏わる花といったら、何がある？」

サラは腕を組んで唸り出す。

「う～ん、結婚式を彩る花は、時代や場所によって変わります。古代には結婚式にギンバイカの花輪を用いたそうです。それが少し時代を下ると、新郎新婦の頭上にバラの花冠を載せていたと聞きました。三、四百年前には新婦がカーネーションを身に付けるのが流行ったそうです」

「詳しいね。ギンバイカといえば、エルウィンの花嫁はブーケにギンバイカの小枝を入れるそうじゃないか」

「はい。結婚式の後にそれを庭に植えると、その家は繁栄すると言われています」

「古くからギンバイカの純白の花は純潔を、常緑の葉は不変を示すと言われている」

「よくご存じですね」

サラが目を丸くして驚くと、アイリは得意げに小鼻を膨らます。

「まあ、園芸に興味はないが、歴史や伝承は好きだからね。最近では女王陛下が挙式でオレンジの花を髪に飾られたのを機に、それが流行っている。オレンジは多産を象徴するからね。僕の時もそうだった」

「えっ、いま何と？」

「何でもない」

素知らぬ顔で横を向くアイリ。はて重要なことを聞き洩(も)らしたような、とサラは首を捻(ひね)るが、何も思い出せなかった。

「とにかく、結婚式に纏わるものを、少し考えただけでこれだけ出てくる。それに最近では花言葉なんてものまで流行っていて、それまで考え出すときりがない」

「花言葉ですか？」

サラにはピンと来ない。花言葉がもてはやされているのは上級階級であって、庶民のサラには縁がなかった。

「結局、どれも決め手がないな。これでは絞り込むことすら出来ない」

アイリは頭の後ろに手を組んで、忌々しげに庭を睨(にら)む。

「もう少し手掛かりが欲しいですよね。第一、夫人に見つけて貰わないと困るわけだから、公爵さまだって何か手掛かりを残していると思うんです」

「同感だ。ペンダントに施された花の意匠。あれ、何の花か分からないのか？」

「残念ながら。あの花は花びらが六枚ありました。花弁は五・四・三が一般的で、六枚となるとパッと思い浮かびません」

答えながら、サラは情けなくなる。折角、アイリが頼ってくれているのに、何も答えられない。悔しくて、唇を強く噛み締めた。

「そうなるとあとは、夫人が聞いた公爵の言葉くらいだな。手掛かりになりそうなのは」

「リボンを解いて、って言葉ですね。でも、どういう意味なんでしょう？　庭にリボンなんて結ばれてないですし――」

唐突にサラの言葉が途切れる。

（あれ、いま何かが引っ掛かった。えっ、でも何？）

「どうしたサラ？　面白い顔して」

「面白い顔は生まれつきです！　じゃなかった。アイリさま、分かったかもしれません」

「何が？」

「プレゼントの隠し場所です」

「あれは、さっき見た花壇じゃないか」

サラがアイリを連れて行ったのは、テラス。そこから指し示したのは、先程まで見ていた聖人の花壇。

「よく見て下さい。先程は近すぎて気付きませんでしたが、上から見ると、ツゲが複雑な幾何学模様や格子柄を描いているのが分かりますか？　そしてその線を結ぶように花壇が設置されている。この様式を『ノット花壇』といいます。ノットとは紐やリボンの結び目のこと」

「結び目？」

アイリはテラスから、身を乗り出すようにして花壇を見やる。常緑低木のツゲが描く縦三本と横四本のライン、そのラインが交わる十二か所に、あの聖人のトピアリーを抱く円形の花壇が配置されていた。

「なるほど。花壇が紐の結び目ということか。そして公爵の言った、解くべきリボンというわけだな」

「そうだと思います」

自信はある。おそらく間違いない、とサラは思う。問題は結び目が、リボンが十二個もあること。夫人へのプレゼントは、十二の花壇のどこかに隠されているはずだ。最悪全部の花壇を掘り返す手もあるが、出来るならそれは避けたい。この美しい庭を、出来るだけ傷つけたくはないから。

そうアイリに告げると、主は不敵に笑う。

「どうやらサラの希望を叶えてあげられそうだ」

「えっ?」

「サラのお陰で、あの公爵の言葉が手掛かりになっていることが分かった。そして愛の証は、天国の門の鍵と共に埋まっているのさ」

サラに向かって、もう一度アイリは微笑んだ。そしてテラスを庭に向かって降りていく。

サラは慌てて、その後を追った。


「これが、公爵が残された愛の証です」

アイリは一通の封書をシムネル夫人に差し出す。封書は土で黒く汚れていたが、口は堅く閉じられていた。

「どこでこれを?」

大きく目を見開いた夫人は、封書を手に取る。その手と声は、震えていた。

「庭の外れに、十二人の聖人が佇む花壇があります。その中の一つ、とある聖人のトピアリーが立つ花壇。そのプリムラの花の下に埋まっていました」

「あの魔女の花壇にですか」

「魔女の花壇？」

夫人が口にした耳慣れない言葉に、今後はアイリが訊き返す。

「ええ、大分昔のことですが、『裏庭の魔女』と呼ばれる庭師を家に招いたことがあります。その時に主人と庭師長、『裏庭の魔女』の三人で設計したのが、あの花壇です。それ以来、うちでは魔女の花壇と呼んでいました」

「へえ～魔女って本当にいたんですね」

意外な話に、サラはポツリと呟く。

「それより、なぜ、そんな所に？　いえ、どうしてそこにあると分かったんですか？」

夫人の当然の質問に、アイリは気を取り直し、説明を始める。

「随分と遠回りをしました。答えはずっと目の前にあった。そう、あなたのペンダントです。格子柄の透かしはノット花壇を、中央に施された花はプリムラを表していたんです。彫り込まれていた『天国の門の鍵』という言葉も、プリムラと繋がります」

それはある聖人とプリムラに纏わる逸話。天国の門番だったその聖人は、ある日居眠りをして門の鍵を落としてしまう。慌てて地上へ探しに行くと、鍵の落ちていた場所に小さな花が咲いていた。その花が地上に咲いた、最初のプリムラだと言われている。

「そんな逸話が……。だから、プリムラの下に埋まっていたんですね」

夫人が驚くのも無理はない、とサラは思う。なにしろサラもつい先程、同じように驚いたばかりだ。そしてサラを驚かせたことがもう一つ。

「ちなみに通常のプリムラの花びらは、サラの言う通り五枚。それぞれが『誕生』『入門』『達成』『休息』『死』を表します。だが、まれに六枚の花びらを持つひねくれ者がいる。そして六枚目の花びらは、結婚に幸福をもたらすと言われています」

全ての話を終えた、アイリは大きく息を吐く。夫人はもう、何も言わなかった。

静かに六枚花弁のプリムラを見つめる夫人を残し、アイリとサラはそっとシムネル邸を後にした。


「封書の中には、何が入っていたんでしょうね？」

馬車に揺られながら、サラはアイリに訊ねる。

「恐らく公爵の署名と、教会の承認印の入った結婚証明書だろ。あとは夫人が署名すれば、結婚は成立したとみなされる。子息に継承権が渡り、彼女もあの邸宅から追い出されなくてすむ」

「よかったですね」

満面の笑みを浮かべたサラに、アイリは不機嫌な顔を向ける。

「全然よくない！　結局、あの庭に僕の探し物はなかった。骨折り損もいいところだ」

「何か探してたんですか？」

「何でもない！」

　先程まで公爵夫人相手に謎解きを披露していた凛々しい姿はどこへやら。いまの姿はただの拗ねた子供。そんなギャップが可笑しくて、可愛くて、サラは笑う。

「もう、そんなに邪険にしないで下さいよ！　それに恰好良かったですよ、謎を解くアイリさま」

「サラに言われても嬉しくない！」

　言葉とは裏腹に、満更でもなさそうな顔をするアイリ。ますますサラは嬉しくなる。

「もう照れちゃって。アイリさまが居なかったら、きっと夫人も鍵を見つけられなかったはずです。公爵さまも、きっとアイリさまに感謝されてますよ」

「それは、ない」

　意外なほど冷静な声が、はっきりと否定する。おっ、サラは驚く。

「どうしてです？」

「公爵は抜かりない人だったと言っただろ？　夫人が答えに辿り着けなかった時のために、ちゃんと保険を用意されていた」

「保険？」

「あの庭師さ。おそらく彼は封書の隠し場所を知っていたはずだ」

　武骨な雰囲気を身に纏った庭師のひげ面を思い出す。

「どうして、そう思われるのですか？」

「プリムラは他の聖人の花壇にも植わっていた。だから封書の隠し場所を探し当てるには、どうしてもトピアリーの中から、天国の門番だった聖人を見つけ出す必要がある。逆に見つけ出してもらうには、常にトピアリーを判別出来る状態にキープしておかなければならない。維持・管理してくれる者が必要不可欠だ」

サラは庭の所々に、綻びがあったことを思い出す。だけれど、あのノット花壇とトピアリーは、いま手入れを終えたばかりのように整えられていた。

「なるほど。公爵からあの花壇だけは、優先して手入れするよう頼まれていたってことですね」

そして最後まで封書が見つからなかった時には、その場所を夫人に伝えるようにとも。

「強欲な親戚連中に見つかったら、確実に処分される。だから、こんな謎解きのようなことを仕掛けたんだろうが、まわりくどい！　さっさと庭師に在りかを教えさせればいいものを。おかげで僕が骨を折ることに……」

「ひょっとしたら、公爵は夫人に庭へ出て欲しかったのかもしれません」

愚痴を零していたアイリの口が止まり、サラの方を見る。

「園芸家は欲が深い。自分が丹精込めて育てた物は、どうしても誰かに見てもらいたい。愛する人なら尚更です」

「庭に秘密を隠せば、それを探すために、夫人は庭を散策することになる。そういうことか？」

「はい」

アイリは小さく息を吐く。

「ますます僕らのやったことは無駄だったな」

「いえいえ、これを機に、きっと夫人は庭に出るようになると思います。なにしろ公爵の愛が詰まった場所ですもの」

「そうだな。まあ、悪くないか」

「はい、悪くありません」

そう言って朗らかに笑うサラにつられ、アイリの口元も綻ぶ。

「それにしても公爵は、余程あの庭師を信頼していたんだろうな。長年家に仕えていた執事や使用人ではなく、彼に大切なものを託したんだから」

アイリは頬づえをついたまま、窓の外を見る。

「公爵さまと庭師さんが深く信頼し合っていたのは、庭を見れば分かります」

アイリの視線が、窓からサラへと移る。

「よい庭は、庭師だけで造るものではありません。主の理想の庭を、庭師が形にするんです。お互い信頼し合っていなければ、あれだけ素晴らしい庭は出来ません」

サラはばあちゃんの言葉を思い出す。

――心から信頼できる主を持った庭師は幸せだし、その逆もまた然り。

(こういう関係を、なんと言うんだったっけ?)

そんなことを考えていたサラは、ある言葉に辿り着く。そして誇らしげにアイリに言い放つ。

「主と庭師は、一蓮托生(いちれんたくしょう)なんです!」

「一蓮托生? なんかちょっと違う気もするけど、まあ、覚えておくよ」

苦笑いしながら、再び窓へと視線を向けるアイリ。

その主の顔を見ながら、サラはシムネル邸の庭に思いをはせる。

爵位が無事継承され、主が変わったとしても、あの素晴らしい庭が維持されることを心の底から願いながら。

第三章　風景庭園と中庭の謎

「明日、ハートフォート公爵のガーデンパーティーに行く。サラも一緒に来い」

「えっ？」

　裏庭で作業していたサラに、アイリがそう声を掛けたのは午後のティータイム。裏庭に持ち出されたテーブルで、アイリは淹れた紅茶を楽しんでいる。背後にはティーポットを持ったマーサが、影のように控えていた。

　まるで園芸に興味のなかったアイリだが、最近はこうして裏庭で過ごす時間が増えてきている。よい兆候だと、サラは思う。

「ハートフォート公爵は長く内相を務められた大物だ。政界で活躍されると同時に、所領である北西部のアップルシャルロットで製鉄業に莫大な投資をおこない、いまやエルウィンで最も裕福な貴族と呼ばれている」

「へえ、凄い方なんですね」

　鋸を挽く手を止め、サラはアイリの話に聞き入る。

「ああ、傑物と言っていい。そんなハートフォート公爵だが、政界を退いてからのめり込まれているものが二つある。一つは若い頃から続けている慈善活動。そしてもう一つが、園芸だ」

細く長い指を二本、立てて見せるアイリ。

「とてもよい趣味を見つけられましたね」

「サラならそう言うと思ったよ。だが、園芸に対する公爵の熱の入れようは半端ではない。リットンの邸宅や、所領にあるカントリーハウスを大改修して、巨大な庭を造らせたらしい。さらに国内外から珍しい植物を集めているとか」

「巨大な庭、珍しい植物」

そそられるワードが並ぶ。サラの目に羨望の光が灯る。

「その公爵が、このたび特に珍しい植物を手に入れたらしい。その植物のお披露目を兼ねて、ご自慢の庭でパーティーを開催するそうだ。マーサが情報を入手してきた。どうだい、サラも行きたいだろ？」

「はい、喜んでお供します」

勢い込んで答えるサラに、アイリは満足げに頷く。

「姐さん、一つ問題が」

二人の会話に割り込んで来たのはマーサだった。

「問題？　なんだ？」

「うちにはハートフォート公爵からの招待状が届いてない」

　確かに、問題だ。招待されていないのでは、行ったところで中に入れない。

「届いていないだと？　どういうことだ。出し忘れているのか、郵便の不手際か……」

「単に相手にされていないだけだよ。公爵家にとってガーネット家など、吹かなくても飛ぶような、虫けら以下の家だからね」

　呆れ顔でマーサが指摘する。いつも通り、端的で分かりやすく、正確で、辛辣で、容赦がない。

「なるほど。しかし困ったな。招待状がないとなると、強引に押し掛けるしかないのだが。公爵家ともなると警備も厳しい、突破するには相応の……」

　何やら物騒なことを、ぶつぶつ言い出すアイリ。やがて結論が出来たのか、ぽんと、一つ手を打つ。

「気は進まないが、仕方ない。ここはあれに頼ろう。マーサ、手配してくれ」

「了解」

　それだけのやり取りで通じ合ったらしく、マーサは室内へ戻っていく。

　二人のやり取りについてゆけず、すっかり取り残されてしまったサラ。小さく手を挙げ、恐る恐る主に訊ねる。

「あの、大丈夫なのですか？」

「問題ない。サラは明日の用意をしておくように。ところでサラ」

「はい、何でしょう？」

てっきり話は終わりだと思っていたら、サラは少し驚いた。

「キミは一体、何をしているんだい？　先程から鋸を挽いてばかりいるが、庭師(ガーデナー)を辞めて、大工にでもなったのか？」

アイリの言う通り、サラは庭に持ち込んだオーク材を、ひたすら鋸で切断していた。慌てて手を振る。

「違います、違います。底上げ花壇(レイズドベッド)を修復しようと思って。決して、大工になったわけではありません」

「レイズドベッド？　なんだい、それは？」

「土を高く盛り上げ、その土が崩れ落ちないよう板や石で囲んだ栽培区画のことです。ほら、庭の隅のあれのことです」

折れた板が転がり、崩れた土の山を指し示す。ずっと前に壊れてしまった底上げ花壇だ。

「ふむ。だが、普通の花壇も石などで縁を囲うが、何か違いはあるのかい？」

「普通の花壇は地面か、もしくは地面より少し高いくらいに作りますが、底上げ花壇はもっと高く土を盛り上げるのです。そうすることで植物の根付きがよくなり、排水や土壌の改善にも繋(つな)がります」

「なるほど。で、いまは周囲を囲む木材を準備しているわけだな」

「はい。だから、決して大工になったわけではありません。あたしは庭師です」

生真面目に答えるサラに、アイリは噴き出す。

「大工云々は冗談だ。悪かった。さあ、作業を続けてくれ」

そう言うと、アイリが再びティーカップを持ち上げる。それを見届け、サラも作業を再開した。


翌日、屋敷中に響いた激しい物音で、裏庭にいたサラは跳び上がる。音がしたのは玄関の方。

（わわわっ、強盗!?）

扉を蹴破り、いままさに強盗が侵入してくる場面が鮮明に浮かび上がる。慌ててシャベル片手に、玄関ホールへ向かう。

「我が愛しきアイリーン！　迎えに来たよ！」

サラが玄関ホールに飛び込むと、一人の紳士がホールをせわしなく歩き回っている。しかも舞台に躍り出た役者のように仰々しい台詞と、大袈裟な身振りを交えて。身なりはよく、仕草も優雅だが、何しろ怪しい。

（どど、どうしよう。強盗ではなさそうだけど、強盗より厄介そうな気がします。殴っ

ていいの？　殴った方がいいの？　殴っていいよね⁉）

手にしたシャベルを強く握りしめながら、それでも判断に迷うサラ。おたおたする彼女を尻目に、マーサがその横を通り抜けていく。

「相変わらず騒々しいですね、ペンブルック伯爵さま」

マーサは呆れ顔で、変人、いや紳士を出迎える。

「やあ、マーサ。今日も実に不機嫌そうだ。いつになったら君の素敵な笑顔を、ボクに見せてくれるんだい？」

「見たこともないのに、どうして笑顔が素敵だと分かるんです？　見たら、きっと後悔しますよ」

「相変わらず手厳しいね、マーサは。おや、君は見かけない顔だね。新しく入った子かい？」

マーサに声を掛けていた紳士が、少し離れたところにいたサラを見つける。慌ててシャベルを、背中に隠す。

「あ、あのサラ・サザーランドと、ひぃーーー！」

名乗る間もなく、金髪碧眼（へきがん）の紳士の顔が目の前すれすれに。美形のようだが、いきなりここまで近づかれると恐怖を感じてしまう。そんなサラの気持ちなどお構いなく、紳士は興味深げにサラを眺めまわす。

「サラ！　君がサラか！　話は聞いているよ、アイリーンからね。ウィリアム・ペンブルックだ。よろしく！」

いきなり両手を握られ、ぶんぶんと振り回される。ウィリアムと名乗った紳士のペースについて行けず、頭は真っ白になり、されるがままのサラ。

「よしたまえ、ウィリアム。僕の大切な使用人たちを、困らせないで貰いたい」

凛とした声が、頭上より振ってくる。サラにとっては、まさに助けの声だ。

「おお、麗しのアイリーン！　会いたかったよ！」

ウィリアムはサラを解放し、二階へと続く階段を見上げるなり、両腕を広げ跪く。歓喜のあまり、今にも泣き出しそうな勢いだ。

うんざりした顔で、アイリが階段を降りてくる。

「ああ、今日も輝くばかりに美しいね、アイリーン！　君のその輝きが、我が心を熱く燃やしてくれる！」

「そのまま燃え尽きるといい」

熱い眼差しと、冷たい視線が交差する。

差し出されたウィリアムの手を無視して、アイリはホールに降り立つ。

「サラ、大丈夫か？　驚かせてしまったな。すまない」

「あ、いえ、大丈夫です。それよりアイリさま、こちらの方は？」

恐る恐るウィリアムの方を見る。

「彼はウィリアム・ペンブルック伯爵。シムネル、ハートフォートと並ぶ三大公爵家の一つ、リッチモンド公爵家の跡取りだ」

「公爵家の跡取りなのに、伯爵さまなのですか？」

「それはリッチモンド公爵がご存命だからだ。爵位は当主だけのものだが、その場合、相続人である長子は家が所持する二番目の爵位を名乗るのが慣例となっている。だから、ペンブルック伯爵なんだ」

ややこしいだろ、とアイリ。確かに、とサラは頷く。

「それで、アイリさまとペンブルック伯爵さまのご関係は？」

「ウィリアムと呼んでくれたまえ。そしてアイリーンは、我が婚約者さ」

えっ、とサラが叫ぶより早く、アイリの飛び蹴りがウィリアムの顔面を捉える。

「元だ、元！　元婚約者！　勘違いするな！」

「ふふふ、そうだったね。確かに婚約者という関係は解消された。もう結婚式も挙げたのだから、いまは正式に夫――ぎゃふん！」

再び会話に入り込んできたウィリアムの鳩尾に、アイリの拳が突き刺さる。

「あ、アイリさま、結婚されていたんですか!?」

「違う！　未遂だ！　未遂！」

もう、何が何だか。

玄関からラウンジに場所を移し、アイリとウィリアムはソファに腰を落ち着けた。マーサが二人のために、お茶と朝食代わりのサンドイッチを用意。その間に、アイリはサラを呼び寄せ、あらためてウィリアムを紹介してくれた。

「それじゃあ、アイリさまとペンブルック伯爵さまは幼馴染(おさななじみ)なんですね。そして元婚約者」

「そう。親同士が勝手に決めた、ね」

勝手に、の部分を強調して、アイリは答えた。

「なるほど。ところがお父上が亡くなったため、アイリさまは男爵家を継承することになり、伯爵さまとの婚約を解消した、と」

「ああ。そして婚約を解消したのが、たまたま結婚式の当日だったというわけさ」

アイリは何でもないことのように答え、用意されたばかりのカップに口を付ける。

「しかも式の真っ最中。誓いの言葉を交わす寸前に」

マーサがぼそりと小声で補足する。

「いや、危なかった」

「結婚式の最中に婚約破棄だなんて、どうしてそんな無茶を」

「仕方ないだろう。申請していた『特別継承権』が受理されたのが、たまたま結婚式当日だったんだ」

アイリは悪びれる様子も見せない。サラとしては頭の痛くなる思いだ。

「よく問題になりませんでしたね」

「いや、なったよ。何しろ三大公爵家の一つ、リッチモンド公爵家の跡取りの結婚式だからね。それは盛大だった。エルウィン島で一番権威あるモンテスキュー大聖堂で、王侯貴族がずらりと並ぶ中での婚約破棄だったからね。卒倒するご婦人が続出したくらいだ」

「ウエディングドレス姿で来賓のテーブルの上を駆け抜け、リットンの街に飛び出して行っちまった。あとは阿鼻叫喚（あびきょうかん）、のちに『モンテスキューの悪夢』と呼ばれる惨状だったよ」

「そうそう、あの時のアイリーンは美しかった。いま思い出しても、ボクの胸は高鳴る！」

ため息交じりのマーサの補足に、ウィリアム伯爵は嬉（うれ）しそうに何度も頷（うなず）く。

「大聖堂から抜け出した後は、馬車を奪って逃走したんだが、その道中でサラと出会ったというわけさ」

「あっ!?」

突然、記憶が繋がる。初めて出会った時のアイリは、確かにウエディングドレス姿だった。あれは結婚式から逃げ出して来たためで、都会の風習ではなかったらしい。ようやく腑に落ちた。

アイリは婚約を破棄し、式場を逃げ出した。ということは、婚約を破棄され、式場から逃げられたのはウィリアム伯爵ということになる。その時、ウィリアムはどうしていたのだろう？

サラはアイリの後ろに立つマーサに視線を送った。

「逃げ出す姐さんに突き飛ばされ、伯爵の旦那はウエディングケーキに顔から埋まっていた。社交界一の貴公子の、無様な姿はいまでも語り草らしい」

「マーサ、そんなにボクを褒めるな。照れるだろ」

本当に照れくさそうに、ウィリアムは頭を掻く。初めて会った時から気付いてはいたが、かなり神経の太い方だ。

「大変だったのはその後さ。面目を潰されたリッチモンド公爵家の連中はもちろん、参列していた王侯貴族、威厳を汚されたモンテスキュー大聖堂からお叱りを受けた」

「要するにエルウィン中を敵に回したわけですね。よく助かりましたね」

アイリはあっけらかんと話しているが、どう考えても詰んでいる。この状況を、一体どう打破したというのだろう。

「一時はガーネット家を取り潰すという話も出ていたようだが、助け舟を出してくれる人が現れたんだ」

「誰です？」

「女王陛下、リッチモンド公爵、そして当事者であるウィリアムの旦那本人だ」

アイリに代わって、マーサがつらつらと挙げていった名前に驚く。ある意味、一番怒っていてもおかしくないメンバーだ。

「アイリーンは女王陛下のお気に入りだ。それにガーネット家を継承出来たのも、女王の一声があったからと聞く。むしろ『特別継承権』の受理が、結婚式当日までずれ込んでしまったことを気に病んでみえたのかもしれないね」

「なるほど。女王陛下は負い目を感じておられたんですね」

ウィリアムの説明に、サラは大きく頷く。が、そんな二人をアイリはせせら笑う。

「気に病む？　負い目？　そんな可愛げのあるようなお方じゃない。むしろこうなることを見越して、わざと式当日に受理を出したのさ」

皮肉に顔をゆがめるアイリ。我が国の行く末が心配にならないでもない、サラだった。

「な、なるほど。それで、ウィリアム伯爵さまは良かったんですか？　アイリさまに、その、逃げられてしまって……」

最後の方は、声が小さくなってしまった。

「何を言っているんだい、サラ！　愛しい人が望むなら、結婚式の一つや二つ、どうということはないさ。それにアイリーンを妻として迎えるにふさわしいのは、ボクしかいないからね。だから、いつでも帰っておいでアイリーン！　ボクの腕の中に！」

そう言って両腕を大きく広げるウィリアム伯爵。当然のことのように、アイリは虫けらを見るような目でそれを拒否した。

そんな二人を見ながら、サラはウィリアムの器の大きさに感心する。だが、同時にその器の底には、大きな穴が開いていることにも気付いてしまった。

（ウィリアムさまは、悪い人ではないです。でも、まともな人でもないんですね）

「ちなみに父上であるリッチモンド公爵も、この親にしてこの息子、といったお方だ」

マーサが的確な説明を加える。

「父もアイリーンが嫁に来てくれる日を、首を長くして待っているよ」

「公爵に伝えてくれ。その首が引きちぎれても、その日が来ないことを約束すると」

要するに、アイリを助けてくれた三人が三人とも、変わり者だということだ。だが、この変わり者三人により、アイリとガーネット家の命脈は保たれた。

「さて、くだらん昔話に興じていたら出掛ける時間だ。僕は着替えてくる。サラも準備をするように」

アイリはソファから立ち上がる。時計を確認すると、ハートフォート公爵のガーデンパーティーに行く時間が近づいていた。

「よし、ボクが着付けを手伝おう」

「来るな！」

二階へと上がっていくアイリとウィリアム。

「いつも、ああなんですか？」

「意外と相性いいのでは？」

「どう思おうとサラの自由だが、姐さんの前では口にはするなよ。本気で絞め殺されるぞ」

サラとマーサは、美男同士がじゃれ合っているようにしか見えない二人を見つめる。

「さて、俺は姐さんの手伝いをしてくる。サラも用意しな」

「あれ？　でも、招待状の件はいいんですか？」

招待状がないと、会場には入れない。そしてガーネット家に招待状は届いていないはずだ。

「だから、ウィリアムの旦那を呼び出したのさ」

三大公爵家の一つであるリッチモンド家の跡取りであるウィリアムには、当然招待状が届いている。だから、そのウィリアムの同伴者として会場に入ろうというわけだ。

いままでもウィリアム伯爵を使って、未招待のパーティーに出たことがあるらしい。

「なるほど、体のいいコネですね」

「ただのダシだよ」

果たしてどちらの使用人の物言いが酷(ひど)いのか。

三十分後、二階から降りてきたアイリを見て、サラは思わず手を叩(たた)く。

「素敵です、アイリさま！」

襟元にたっぷりとフリルをあしらった裾の長いドレス姿で、腰の後ろにバッスルでボリュームを出している。花やリボンで飾られたボンネットで頭の後ろを覆い、手には淡褐色の牛革(カーフ)の手袋をはめていた。

普段の男装を見慣れているだけに、久しぶりに見るドレス姿は鮮烈だった。

「どんな名工と名人といえども、これほど美しく完璧な人形を作ることは出来ないだろう」

隣に立つウィリアムが、我がことのように胸を張る。その称賛の言葉に、サラも何度も頷く。

ただ一人、アイリだけが不機嫌顔。

「僕の趣味ではない！　マーサがどうしてもと言うから……」

「仕方ないです。同伴は男同士より、男女の方が自然だ。諦めて下さい」

尚(なお)もぐずるアイリだったが、往生際が悪い、というマーサの一言で押し黙る。ふん、と鼻を鳴らし、パラソルを受け取ると足早に玄関に向かう。ウィリアムとサラも、その後に続く。

玄関に面した通りには、いつもの貸し馬車ではなく、もっと大きく煌(きら)びやかな箱馬車が待っていた。馬も毛づやがよく、ぴかぴかの馬体をしている。さすが伯爵家専用の馬車だ。

広々とした車両の中でも、アイリは終始不機嫌だった。


「着いたようだな」

馬車が止まったのは、リットンの中心部にある大きな邸宅の玄関。

「ようこそお越し下さいました、ペンブルック伯爵」

サラに続いて降りてきたウィリアムとアイリを、白髪の執事が出迎えた。

三人が通された大広間には、すでに三十人近い人が集まっていた。ソファに腰を落ち着ける者、歓談に興じる者、煙草(たばこ)を燻(くゆ)らせる者など思い思いに寛(くつろ)いでいる。誰もが着飾った紳士淑女ばかり。

それでも、とサラは密(ひそ)かに胸を張る。

「どうした、サラ？　顔がにやけているぞ」

「いえね、リットンでも有数の淑女の皆さんが集まっているじゃないですか。でも、うちのご主人さまが一番綺麗だなと思って、えへっ、えへへへ」

「馬鹿者。そんな当り前のことで喜ぶな。ほら、主役のお出ましだぞ」

呆れ気味のアイリに促され、入口の扉の方を見ると、丁度一人の老紳士が入ってきた。上背はないが、横に大きく、歩き方にも貫禄がある。

「皆さま、今日はようこそ、我が家のガーデンパーティーにお越し下さいました。心よりお礼申し上げます。それでは早速、当家自慢の庭へご案内致します」

そう言って歩き出した老紳士に続き、大広間の客たちが動き出す。

「それじゃあ、あの紳士がハートフォート公爵ですか？」

「ああ、そうだよ。さあ、僕らも行こう」

ハートフォート公爵に案内されたのは、通りに面する表庭。とは言っても、通りが見えないほど広く、一面緑の芝生が広がっていた。そこにアフタヌーン・ティーのセッティング。テーブルには白いテーブルクロスが敷かれ、中央にたっぷりと花が飾られている。銀の薬缶と美しい磁器のティーセットが並び、薄く切ったパンにバター、ケーキやビスケットなどのお茶請けが用意されていた。

「さあ、存分にお楽しみ下さい」

公爵の言葉を合図に、庭の隅に陣取った楽隊が演奏を始める。少し曇ってはいるが、その分日差しは穏やかで、まずまずのガーデンパーティー日和だ。華やかな音楽が流れる中、庭はあっという間に社交の場に姿を変えた。そこここで紳士淑女の笑い声が弾ける。

紅茶とお菓子を貰いに行っていたサラが戻ると、腕を組んだアイリが一人待っていた。

「あれ、ウィリアムさまは？」

「あっちだ」

アイリが顎で指した方を見ると、ウィリアムが大勢の貴族に囲まれていた。

「腐っても公爵家の跡取り息子だからね、お近づきになりたい者は多いさ」

「アイリさまは行かないんですか？」

ティーカップを渡すと、アイリは手袋のままそれを受け取る。

「群れるのは趣味じゃない。もっとも連中も、僕なんかお呼びではないだろうがね。ところでサラ、この庭をどう思う？　感想を聞かせてくれ」

「素晴らしい庭だと思います」

間髪容れずに答える。

「本当かい？　芝生が植わっているだけで、どこが良いのか僕には分からないな」

「そうですねえ。まず良いところは、庭を広く見せる工夫がされています。この間のシムネル公爵の庭と比べると、土地でいったら遥かにこちらが小さい。それでも、一見するとシムネル邸に負けないほど、広く感じるはずです」

「確かに、広く感じるね。なぜだろう？　遮蔽物が少ないからだろうか？」

「その通りです。シムネル邸の庭は壁や柵、生垣などで細かく区画分けされていましたが、この庭にはそれが一切ありません。遮るものがないから、狭い土地でも、より広く開放的に感じられるんです」

　あらためて見渡してみると、庭の中に壁や柵のようなものは見られない。唯一大通り側にだけ、目隠し代わりと思われる蔓バラの生垣が設置されていた。

「そして何より素晴らしいのが、この芝生です」

　サラはしゃがみ込むと、おもむろに芝生に顔をつけ、頬ずりする。芝は柔らかく、さわさわと心地よく頬を撫でる。このまま寝転がったら熟睡間違いなしの触り心地だ。

「芝生なんてどこにでもあるだろ？」

「とんでもない！　見て下さい、このカーペットのように目が詰まった完璧な芝生を！　汚れや色むらのない、まるでビロードのように艶やかな芝草、テーブルのように平らな草地。ここまでの芝生を育てるのは、並大抵のことではありません！」

「分かった、分かった。この庭も、芝生も、どれだけ素晴らしいか、サラのお陰でよく分かったよ。だから、少し落ち着いてくれ」

　熱弁を振るうサラを、アイリは困り顔で宥める。

　その時、背後から拍手が起きた。振り返ると小太りの老紳士が、ニコニコと笑いながら近づいてくる。

「これは、ハートフォート公爵」

ガーデンパーティーの主催者で、この庭園の持ち主でもあるハートフォート公爵その人だった。

「後ろで聞かせてもらっていましたよ。いや素晴らしい慧眼と知識をお持ちだ。なにより儂の庭を褒めてくれてありがとう」

「あっ、はい、いえ、どうも」

大貴族さまから褒められ、なんと言っていいか分からずサラは焦るばかり。

「この見所のある使用人は、お嬢さんの侍女ですかな？　失礼だが、お名前は……」

「アイリーンです。アイリーン・ガーネット。お久しぶりですね、公爵。モンテスキュー大聖堂にお越し頂いた時以来でしょうか」

にやりと笑うアイリを見て、公爵の顔が一瞬で驚きに変わる。よくよくアイリの顔を眺めてから、ぽんぽんと公爵は自分の頭を叩く。

「あの時の花嫁さんか。こりゃ、驚いた。確か男爵家を継承されたんでしたな」

「おかげ様で」

どうやら公爵も『モンテスキューの悪夢』に参列していたらしい。

「時に男爵、本日はこのささやかなパーティーにお招きしておりましたかな？」

「いいえ。ですが、公爵さまご自慢の庭が見られると聞いて、友人にせがんで連れて来てもらいました」

「そうですか、そうですか。何分にも狭い庭ですから、どうしても招ける客にも限りがあります。泣く泣く男爵に招待状を送るのを諦めたのですが、そうまでして来て頂けるとは嬉(うれ)しい限りですな」

「心にもないことを」

「う～ん、何かおっしゃいましたかな？」

「いいえ、何も」

アイリとハートフォート公爵のやり取りを、サラはすぐ隣でハラハラしながら見守っていた。二人とも笑顔なのが、余計に怖い。

「ところで公爵、今日はご自慢の花を見せて頂けると聞きました。いつお披露目頂けるのですか？」

アイリの一言に、公爵の顔が嬉しげに綻ぶ。挑発的な視線が、アイリに向けられる。

「実はもうお披露目しているのですよ。海外から取り寄せた新種なのですが、男爵にはどれかお分かりになられるかな？」

公爵の言葉に、アイリは会場を見渡す。この庭には花壇も垣根もない。アイリの目は、テーブルの中央に飾られた花に向けられる。

「青い色の花だと噂に聞きましたが……」

様々な花が折り重なるように飾られていた。だが、その中に目当ての花を見つけることが出来ないのか、アイリがイライラし始める。

サラはその肩を、控え目に叩く。振り向いたアイリに、一つの花を指し示す。

「アイリさま、たぶんあの花です」

「これが？」

サラが指差したのは、四枚の花弁の大ぶりな花。中央には鮮やかな黄色の花冠を戴いている。

説明するサラの隣で、アイリは食い入るように花を見ている。その表情は険しい。

「おそらくはランの仲間だと思います。赤や黄色、白色のランの花は珍しくありませんが、青い色は初めて見ました」

「ほう、分かりますかな。いや、素晴らしい。近年、我が国が領土に加えた東の大半島、そこの丘陵地帯で発見された青いランです。ようやく手に入れることが出来ました」

代わって話に入って来たのは、ハートフォート公爵。アイリとは対照的に、その顔は嬉しさに溢れている。苦労して手に入れたこの花を、とにかく自慢したくて仕方ないらしい。

サラにも、その気持ちはよく分かる。

「東の大半島ですか？　長い船旅を、よくぞ枯れずに持ち帰れたものです」

「そうです、そうです。半島からエルウィン島までの長い船旅を、枯れずに生き残る植物は本当に少ない。だが、そこはリンドリー博士の手腕ですよ」

「リンドリー博士？」

聞き覚えのない名に、サラは首を傾げる。だが、公爵にはそれが意外だったらしい。

「なんと、リンドリー博士をご存じないのですか？　植物学の権威であり、海外からの植物輸入を一手に担うリンドリー種苗店の経営者であられる。実はこの花も博士に勧められて購入した物です。三百ポンドだったが、よい買い物になりました」

「三百ポンド⁉」

その金額にサラは言葉を失う。三百ポンドといえば、医師や弁護士など中産階級の年収に匹敵する。ちなみにサラのような家内使用人の平均年収は、おおよそ十二から二十ポンドがせいぜい。文字通り桁違いの話だ。

サラと公爵の話が漏れ聞こえたのか、三百ポンドという金額に反応したのか、テーブルの周りに人が集まり出す。競うように青い花を観賞しては、賛辞の言葉を口にする。その様子を、公爵は満足そうに眺めていた。

その時、離れたところで歓声が上がる。見るとローン・テニスを始めたらしく、長い裾のドレスのご婦人方がボールを追っていた。

「サラ、帰るぞ」

突然、耳元で囁かれる。驚いて振り向くと、もうアイリは人混みを掻き分けていた。

「ま、待って下さい、アイリさま。もう帰るんですか？」

慌てて追いかける。

「ティーパーティーは長居をせず帰る方がスマートなんだ。だから、ご婦人方はお茶やお菓子を出されても、手袋を外したりしない」

言われてみてみれば、多くのご婦人は革の手袋をしたままカップを持ち、菓子を摘まんでいる。もちろんアイリも手袋をしたままだ。

「なるほど」

「それに、僕の目的はもう済んだ」

庭から広間を抜け、玄関ホールに戻って来た。そこでサラはあることに気付く。

「あっ、ウィリアムさま!? アイリさま、ウィリアムさまを忘れていますよ？」

「忘れてはいない。役目は終わったから置いていく」

何のためらいもなく、アイリは答える。本当にダシなんだ、とウィリアムが少し気の毒になるサラ。

「でも、どうやって帰るんですか？ あたしたち、ウィリアムさまの馬車で来たんですよ」

「大通りに出て辻馬車を捕まえる」

「その恰好で、乗るんですか？」

辻馬車は屋根なしで乗り合い、アイリはフリルたっぷりのドレス姿。随分と目立ってしまう。サラはそれを心配する。

「構わん。ウエディングドレスで街中を走ることに較べたら、大したことはない」

「確かに。先に行って、馬車を捕まえておきます」

「頼む」

サラはアイリを追い越して、大通りへと走り出した。

「サラ、あれは青い花なのか？」

幸い空いている馬車を捕まえることが出来た。その馬車の中、アイリは唐突に話を切り出す。

「公爵さまの花のことですか？　まあ、青っぽい花、というのが正解でしょうね」

アイリの言いたいことが分かり、サラは苦笑いを返す。

「あの花を見た時、正直青いとは思わなかった。どちらかといえば淡い紫、大目にみても青みを帯びた紫どまりだ」

「正確な表現だと思います。園芸でいう『青』の範囲は広いですから」

「本当に真っ青な、鮮やかな青い色の花というのは、ないのだろうか？」

「う～ん、ないことはないです。ワスレナグサ、ルリソウ、ホタルカズラ、ツユクサなど小輪の花に多いですね。ただ、もう少し大ぶりの花になるとバラはもちろん、キク、ツバキ、ツツジ、カーネーションなどの花にも青はありません」

そうか、と呟いたままアイリは何事か考え込む。

「アイリさまは、本当に青がお好きなんですね」

「そうだな」

気のない返事を寄越した後は、ガーネット邸につくまで、アイリはもう何もしゃべらなかった。

「なに、ハートフォート公爵から招待状が届いただと!?」

珍しくアイリが驚きの声を上げたのは、夕食を終え、アフターティーを楽しんでいた時。食器を下げ終えたサラも、アイリの横に控えていた。

「はい。今度は確かにうち宛ての招待状だ」

マーサが一通の招待状を差し出す。ペンブルック伯爵を使って参加した、あのガーデンパーティーから二週間が経とうとしている。

招待状を受け取るや、その場で封を破り、アイリは書面に目を走らせた。その顔がみるみる曇っていく。

「何かありましたか？」

「公爵からガーデンパーティーへのご招待だ。一週間後、ただし今度は所領のカントリーハウスで開催するらしい」

アイリはサラに向け、ひらひらと招待状を振って見せる。

「つまりカントリーハウスまで来いってことですか？」

「そういうことになるね」

「公爵の所領って、どこなんですか？」

「北西部にあるアップルシャルロット。リットンからだと汽車を使っても半日近くかかるぞ」

アイリのうんざりした顔を見て、サラはその道のりの長さを実感した。

「だけど、なぜ急に虫けら以下のうちに招待状なんて……」

横から差し挟まれたマーサの疑問はもっともだ。それはそれとして、自分の仕える家を進んで虫けら扱いするのは、出来ればやめて欲しい。悲しくなる。

「原因は、どうやらサラのようだ」

「えっ、あたし!?」

突然出された自分の名前に、サラは肩をびくつかせる。心当たりはない、と思うのだが。

「この前のガーデンパーティーで公爵の庭を褒めちぎっていただろ。それにあの青い花もどきも。それで気をよくされたらしい。わざわざ侍女同伴のこと、と注意書きされている。

余程、サラのことが気に入ったらしい」

「あたしはそんなつもりで言ったのでは……」

「天然太鼓持ち」

「えっ？」

ぼそっと差し挟まれた小声の主を見れば、マーサが素知らぬ顔で横を向く。

「それで、どうするんですかアイリさま？」

「どうもこうもあるまい。相手はエルウィン貴族界の大御所、こちらは虫けら以下の小者。

答えは決まっているさ」

一週間後、アイリとサラはアップルシャルロット行きの汽車に乗っていた。


「まだ、なのか？」

トップハットを持ち上げながら、男装姿のアイリはややうんざりした顔で御者(コーチマン)に声を
掛ける。

「もう少しでさあ、旦那」

御者が笑顔で返し、アイリは不満げに押し黙る。

もう三度目の、同じやり取り。ただサラには、アイリの気持ちが分からないでもない。

朝の暗いうちにリットンを発ち、汽車に揺られること五時間、到着した駅からさらに馬車で一時間。ようやく大きな門が見えてきた。ハートフォート公爵邸の入口と思しきその門を通り抜けてから、もう随分と経っている。いまだ館らしきものは姿を現さない。日はもう中天に届こうとしている。

その間、並木道を通り、渓流を眺め、また幾つかの門を潜った。流れていく景色はどれも美しい。屋根のない馬車で良かったと、サラは心から思う。

「よくまあ、見飽きないものだね」

「もちろんです。ここは変化に富んでいて、どれ一つ同じ景色がありません」

馬車から身を乗り出すようにして景色を眺めるサラ。落っこちるなよ、とアイリはその姿に苦笑する。

やがて行く先に大きな橋のようなものが見えてきた。

「湖だ！」

サラは立ち上がって叫ぶ。太陽の光を浴び、湖面がキラキラと輝いている。どうやら橋はこの湖を渡るための物らしい。

馬車が橋に差し掛かった時、湖の向こう側に、壮麗な建物が姿を現した。背後に緑深い森を配し、手前に橋と湖を抱いてそびえ立つその姿は、まるで一枚の絵画のよう。

ハートフォート公爵のカントリーハウスだ。

「おおっ！」

「これは、確かに見事だな」

サラは驚嘆の声を上げ、アイリですら感嘆のため息を漏らした。

「凄いです。まるでお城のようですね、アイリさま」

「カントリーハウスは大地主たる貴族が、自分の権勢を誇示するために建てる邸宅だ。当然訪れる者に強烈な印象を与えるよう、さまざまな工夫がなされている」

「どうでさあ、魂消たもんでしょ」

それまで黙っていた御者が、振り返って話しかけてきた。

「ええ、本当に凄いです。あちらに見えてきたのがハートフォート公爵の邸宅ですか？」

「はい、あれが公爵さまのお屋敷です」

サラの問いかけに、御者は愛想のいい笑みで答える。よく日に焼けた顔がほころぶと、白い歯が覗いた。

「御者さんは、この辺りの方なんですか」

「そうさ。生まれも育ちもここいらだ」

「そうですか。こんな雄大な景色が見れていいですね」

何気ないサラの言葉に、御者の顔がはっきりと曇る。てっきり喜ぶとばかり思っていたサラは、予想外の反応に首を傾げた。

「ここは景色のいい所だよ、昔から」

絞り出すように言うと、御者は前を向いてしまった。

「どうかしたのかい？　急に黙ったりして」

「あっ、いえ、何でもないです」

アイリに指摘され、サラは戸惑いに固まった顔を、慌てて両手で擦る。

馬車はスピードを落とすことなく、公爵邸へと進んでいった。


「いやいや、遠いところをよくぞお越し下さった。感謝しますぞ、ガーネット男爵」

玄関ホールに通されるや、広い空間に大きな声が響く。満面の笑みを浮かべ、ハートフォート公爵自らが出迎えに出て来た。思いもかけぬ歓迎ぶりに、アイリも目を丸くする。

「公爵自らのお出迎えとは恐縮。こちらこそ、わざわざご招待頂き、ありがとうございます」

心の中では一インチも思っていないだろう言葉と共に、アイリは慇懃に頭を下げる。それに倣うサラを見つけ、公爵の目が輝く。

「おお、この間の侍女だね。よく来てくれた、よく来てくれた。堅い挨拶など抜きにして、楽にしなさい」

「はっ、はい、ありがとうございます」

近づいて来るなり、バシバシと肩を叩かれた。

公爵は先に立ち二人を中へと誘う。玄関ホールの天井は高く、床と壁は中世を思わせる装飾が施されていた。やや重苦しい装飾に圧倒されていると、前を行く公爵が振り返るなり、二人に身を寄せてくる。

「ところで、我が家の庭は楽しんで頂けましたかな？」

ひそめた声で問い掛けられ、アイリとサラは顔を見合わせる。

「庭というのは？　これから見せて頂けるということだろうか？」

アイリが戸惑うのも無理はない。何しろ二人はまだ屋敷についたばかりで、庭など見ていないのだから。

だが、その反応を待っていたとばかりに、公爵の顔が綻ぶ。

「いやいや、もう見て頂いたはずです。この屋敷に来る道すがらに」

あっ、とサラは声を上げる。アイリも意味が分かったらしく、渋面を作っていた。

「お気づきになられましたかな？　入口の門をくぐってから、この屋敷に至るまでが我が家の表庭。まあ、他の家の庭より、少々広いかもしれんがね」

公爵は声を上げて笑う。

「やられたね。きっと毎回やってるんだぜ、この爺さん。それで客が驚くのを楽しんでる。悪い趣味だ」

「得意満面って顔ですもんね。いや、壮大な庭自慢です」

高笑いする公爵に聞こえないよう、小声でのやり取り。アイリは悔しがり、サラですら呆れる。

「この庭は、儂の生き甲斐のようなものでして。屋敷を買い取ってから、約十年、理想の庭を造るために私財を投じてきました。その甲斐あって、ようやく理想とする姿に近づいてきたのです」

笑い終えると、今度は庭についての講釈を始めた。公爵の話を聞きながら、二人は奥へと進む。

大広間に一歩足を踏み入れると、鼻をつく強烈な香水のにおい。思わずサラは息を止めながら、室内の様子をうかがう。そこには数人の男女がくつろいでいる。公爵が招いたのだから、当然といえば当然だが、どの客人も華やかな身なりの紳士淑女ばかりだった。

「みなさん、お待たせいたしました。最後の客人であるガーネット男爵、いまご到着でございます」

公爵の大々的な紹介を受けたアイリに、客人たちの視線が一斉に集まる。

一拍間をおいて、嘲笑のざわめきが起きた。集まっていた視線に好奇の色が混じり、立ち上がって「ああ、あれが」などと露骨に口にする者も。どの客も一様に驚きの表情を浮かべるが、やがて手や扇で隠した口元を歪める。歓待されていないことは一目瞭然。

サラは自分の顔が、カッと熱くなるのが分かった。それが羞恥のためではないことも。

「サラ、落ち着け」

脇腹の辺りをつつかれ、踏み出しそうになっていた足が止まる。アイリがこちらを見ているのに気づき、思わず赤面してしまう。

「す、すみません」

「ここにいるのは由緒正しき家柄の、誰もが知る大貴族のみなさま方だ。爵位でいえば、侯爵以上の上位貴族ばかり。それに『シーズン』中にも拘わらず、リットンを離れられるような暇人でもある。そんな連中にとって、僕なんか丁度いい話の種だろうよ。だが、すぐ飽きる。気にするな」

そう言うと、アイリは何事もなかったかのように大広間へ入っていく。涼しい顔が逆に怖い。慌てて、そのあとに従う。

奥へと進みながら、サラはアイリが座れる場所を探す。だが、

（す、座れる場所がない……）

室内は広いが、他の貴族たちが絶妙に席を埋めている。中には長いソファを一人で占拠している者や、椅子の上に荷物を置く者も。その顔はニヤついているから、きっとわざとだ。

焦るサラを尻目に、アイリはそんな不法占拠者の一人の前で足を止めた。後ろにいるサ

ラからアイリの顔は見えない。だが、不法占拠者の顔が見る間に歪んでいく。

「あ、アイリさま――」

「ガーネット男爵、席ならこちらに」

アイリを止めようとしたサラの声は、別の声に遮られた。アイリとサラは、同時に振り返る。広間の隅に一人の紳士が立っていた。その手は空いた一脚の椅子を勧めている。

不法占拠者を一瞥してから、アイリは大人しく紳士の元へ足を向けた。胸を撫で下ろしつつ、サラは紳士に感謝する。

「ジョージ・マイルズです。爵位は、あなたと同じ男爵。お会い出来て光栄です、女男爵ガーネット」

紳士は端整な顔に、感じのいい笑みを浮かべ、椅子の前でアイリに右手を差し出す。

「アイリーン・ガーネットだ。よろしくマイルズ男爵」

アイリが差し出された手を握ると、若い紳士はにこりと微笑む。そして自ら椅子を引き、アイリに勧める。

「キミが座っていた椅子なのだろ？　気遣いは無用だ」

「レディーファーストは紳士の基本ですので。それに本音を言うと、長い間座らされ過ぎて、少々尻が痛くなっていたんです」

悪戯っぽく微笑むと、ぺろりと舌まで出す。毅然とした紳士の思いもかけぬ行動に、傍で見ていたサラは盛大に噴き出してしまった。慌てて口元を押さえるが、もう遅い。アイリとマイルズの視線に晒され、サラは身を小さくする。

「まったく。うちの使用人が失礼をした。悪気はないんだ。許してやってくれ、マイルズ男爵」

「いやいや、謝罪は無用。先程から見ていたが、実に面白い使用人を連れておられる。ガーネット男爵が羨ましいくらいだ」

「先程から、ですか？」

失礼とは思いつつ、サラは首を傾げる。するとマイルズの顔に、また悪戯な笑みが浮かぶ。

「ええ、大広間に入って来てから怒ったり、赤くなったり、慌てたり、焦ったり。思っていることが、分かりやすく顔と仕草に出る。感情を見せないようにする使用人が多い中、実に面白かった。君は本当にガーネット男爵が好きなのだね」

恥ずかしさの上に、また別の恥ずかしさが重なり、サラは顔から火が出そうになる。

「申し訳ない」

「申し訳ありません」

アイリとサラ、二人の謝罪の言葉が重なる。それがまたマイルズを喜ばす。

大広間に入ってから初めて接する柔らかな雰囲気に、サラは心のこわばりが解れるのを感じていた。

「それでは、のちほど」

従者が呼びに来たので、マイルズ男爵はその場を離れていった。他の貴族にでも呼ばれたのだろうか。去り際、どこか名残惜しそうな顔がサラには印象的だった。

「いい人でしたね。アイリさまはご存じだったんですか、マイルズ様のこと？」

マイルズが譲ってくれた椅子に座ったアイリは、ゆっくりと頷く。

「ああ、噂程度に。彼もそれなりに有名だからね」

「どういった方なんですか？」

「元々は貧しい農村の出身らしいんだが、職を求めてリットンに出て来たらしい。その後、金融業界で成功を収め、今の地位を築くことになる。成功してからは慈善活動にも積極的で、その功績が認められ、去年男爵位を叙位された。まあ、そんなところだ」

「へっ、叙位された？　それって貴族になったってことですよね。平民が貴族になれるんですか？」

生まれる前から階級社会を刷り込まれてきたサラにとって、それは青天の霹靂だった。

「なれないことはない。ただし、叙位されるのは五爵のうち、最も低い男爵位のみ。それも一代限り、当の本人が死んだら返上しなくてはいけない」

「それでも凄いじゃないですか！」

「ああ。控え目に言って、大したものだ」

思いがけない言葉に、サラは思わず目を丸くする。

「珍しい！　アイリさまが素直に他人を褒めるなんて！」

そんなに驚くな、と窘めつつも、アイリは頰を掻きながら目を逸らす。

「まあ、かなり稀な例だからね。社会や王室に多大な貢献をしたと認められた上、推薦してくれる有力な大貴族がいなくては無理だ。彼の場合も、慈善事業をとおして知り合ったハートフォート公爵の推薦があればこそだ」

「なるほど。じゃあ、公爵には頭が上がらないってわけですね」

「そうなるかな。だが、いくら公爵が認めたとしても、他の貴族連中はどうかな？　古いだけが自慢の貴族が、ぽっと出の新米貴族なんて到底認めたがらないだろう。貴族になったはいいが、案外、彼も後悔しているのかもしれない」

マイルズを案じるようなアイリの言葉――いささか荒っぽくはあるが――に、サラは確信する。そして、ふむふむ、と意味ありげな頷きを繰り返す。

そんな使用人に、主は怖い顔で詰め寄る。

「おい、何を考えていたんだ？　言ってみろ！」

「運命ですよ、アイリさま！　これはもう運命です！　ハンサムでお金持ち、爵位も同じ男爵同士で家格問題なし。おまけにお互い貴族社会では鼻つまみ者という共通点まである。

もう運命としか思えません！　あっ、でも、アイリさまにはウィリアムさまがいらっしゃいますね。どうしよう、これでは泥沼の三角関係になってしまう！」

「なるか！　何が運命だ！　それに主人を鼻つまみ者扱いするな！」

アイリは手を伸ばし、サラの頬をつねり上げる。

「いたたたっ！　痛いです、アイリさま！」

「痛くしてるんだから当り前だ！　大体、そんなにあいつのことが気に入ったんなら、サラが狙えばいいだろ！　キミだって年頃の娘なんだからな」

「いやだなあ、アイリさま。恋愛はするより、他人のを冷やかすのが楽しいじゃないですか」

「この大馬鹿者!!」

渾身の力をその手に籠め、アイリはサラの頬を捻り上げた。

「さあ、それでは皆さま、晩餐会まで当家の庭でお寛ぎ下さい。今日は幸い天気もいい。お茶や散歩をされるのもよろしかろう。ローン・テニスやヨット、乗馬にシューティング、狐追いの準備もしてあります。存分に我が庭を楽しんで下さい」

公爵の言葉を合図に、客人たちは思い思いに庭へと出ていく。マイルズ男爵も庭に出るため、アイリの前を通りかかる。小さく手を上げ、そのまま庭へと出て行った。

「あれは絶～対、脈ありですって！　どうします、アイリさま？」

「なにもしないよ！　いちいちはしゃぐな！　それより僕らも庭に行くぞ」

「そうですね。ところでアイリさまは、何をなさるんですか？」

先程の公爵が説明していた通り、広い広い庭にはいろいろと趣向を凝らした遊技が用意されているようだ。その中でアイリは何を選ぶのか、サラも気になるところ。

「いや、遊技はやめておこう。わざわざ親交を深めたい連中でもない。向こうもそうだろうしね。それより」

　そこで言葉を切ると、わざとらしくサラの顔を見る。その顔には意地の悪い笑みが浮かぶ。何やら気持ちが落ち着かない。

「な、何でしょうか？」

「遊技より、庭を散策しよう」

　サラにとっては、まさに予想外。予期せぬ言葉に、パッと顔が輝く。犬のように尻尾があったなら、千切れるまで全力で振っていたところだ。

「ほ、本当ですか！　あれほど庭に興味のなかったアイリさまが、どうしたんですか？」

「そりゃあねえ、そんな物欲しそうな顔で庭を眺めていられたら、連れて行ってやらないわけにはいかないだろ？　折角来たんだ、公爵自慢の庭を存分に見てやろうじゃないか、サラの解説付きでね」

アイリはサラに向かって、軽く片眼を瞑って見せた。

「今から遡ること三百年、エルウィン王国の庭は拡張の時代を迎えました。丁度、王国が世界に領土を広げ出し、各地の植民地から多様な植物や、各国の庭園様式が流れ込んできたんです。それを貪欲に吸収した結果、庭はどんどん大きくなり、彩る植物も装飾も増えていきました。その結果、統一性のないごちゃ混ぜの庭が出来てしまったんです」

「ありがちな失敗だ」

「はい。その反動から、自然の姿を取り戻そうという流れが起きます。それが百年ほど前のこと。そして辿り着いたのが風景庭園という様式です。文字通り風景の一部を切り取ったような庭、或いは風景に溶け込む庭ですね」

アイリとサラは、公爵の広大な庭を並んで歩いていた。目の前に広がる景色には境らしき物がなく、庭はどこまでも続いているように見えた。

「風景の一片を切り取ったような庭か。確かにこうして見渡していても、壁や柵もなく、どこまでが庭なのか分からないね」

「壁や柵はあえて作らない。囲わない庭なんです。その代わりに『ハーハー』で、家畜などが敷地内に入らないようにしているのでしょう」

「はーはー？　なんだい、それは？」

耳慣れない言葉に、アイリは首を傾げる。

「『ハーハー』とは、敷地の境界になる空堀のことです。地面に掘られているため、壁や柵のように視界を遮ることはありません」

その少し変わった名前は、庭に夢中になった人が空堀に気付かず、転落する際の「はっ、はあ～」という悲鳴に由来するのだとか。そんな話を付け加えると、アイリは声を上げて笑った。

「なるほど。サラなんて、特に気をつけないといけないね。よく考えられているし、まさに風景に溶け込むかのようだ。だが、その割に他の人工物が目につくね」

アイリの言う通り、庭を歩くと、至るところで建築物に出くわす。エキゾチックな橋や華奢(きゃしゃ)な橋はもちろん、女神の彫像や天使の胸像、古代の神殿風の建物やドーム屋根の円形(ロトンド)ヴィラまであった。

これにはサラも、少しだけ顔を曇らせる。

「そうなんです。風景と言っても、それはこのあたりの原風景ではありません。ここでいう風景とは、理想の景色。特に取り上げられるのは、神話にでてくる理想郷です」

「自分の理想とする風景を再現しているわけだ。まるでテーマパークだ。それはそれで凄(すご)いが、いささか当初のコンセプトから外れてしまっているね」

よくあることだが、とアイリは皮肉っぽく笑う。

「ええ、そうなんです。それと風景庭園では、花や花壇は脇に追いやられてしまって。それがあたしとしては、少し残念で」

その時、笑い声が広大な庭に響く。緑の大地を気持ちよさそうに駆けていく馬群が見えた。乗馬を楽しむご婦人方らしい。湖にはボートを浮かべ、釣りに興じる紳士の姿も見えた。

「まあ、こういう庭もいいんじゃないか。訪れた人を驚かせ、楽しませようとする製作者の心意気が感じられて」

少し大袈裟(おおげさ)ではあるがね、とアイリは肩を竦(すく)めた。その物言いが可笑(おか)しくて、サラは表情を崩す。

「そうですね、いい庭です」

さすがに広大な庭のすべてを見て回ることは難しく、アイリとサラは適当なところで屋敷(やしき)に引き上げてきた。

「あっちに見えるレンガ造りの建物はなんだろう?」

館の端にある建物にアイリが目を止める。砂岩色の建物までの道を、刈(か)り揃(そろ)えたラベンダーとユッカが飾っていた。

「ああ、多分オランジェリーです。オレンジ栽培専用の温室ですね」

「ふ～ん」

そんな取り留めのない話をしながら大広間に入る。他の客人たちは、まだ戻ってきていない。

（そういえば、いまは何時頃だろう）

晩餐会までの時間が気になり、サラは時計を探す。だが、大広間にも時計らしき物は見当たらない。

（こんな大きな屋敷なんだから、時計の一つくらいありそうなのに）

サラは内心、首を傾げる。とはいえ、ない物は仕方がない。アイリの懐中時計を見せてもらおうとした時、声が掛かった。

「やあ、ガーネット男爵。楽しんでおられるかな？」

奥からハートフォート公爵が姿を現す。相変わらず喜色満面の笑みで近づいてくる。

「ああ、充分に楽しませて頂いた。いずれは僕も、ここに負けない庭を造ろうと思う」

「本当に素晴らしい庭です。スケールの大きさに圧倒されました」

アイリとサラが交互に感想を述べると、元に戻らなくなるのではと、心配になるほど公爵は顔を綻ばす。

「そうですか、そうですか。それは良かった。主催者として、ほっ、としました。安心したところで、お二人にはもう少し驚いて貰いましょうかね」

そう言うや、顔を見合わす二人を置いて、さっさと大広間を出ていく。ついて行かないわけにもいかず、その後を追った。

公爵が向かったのは、屋敷の奥。一枚の小さな扉が二人を出迎える。公爵は鍵を取り出し、自ら扉を開けた。その先に広がる景色に、サラは息を呑む。

「さあ、どうぞ、どうぞ」

案内されたのは、四方を大きなガラスの壁で囲まれた中庭。そこは百花咲き乱れる花の園。目に鮮やかな色が溢れていた。風景庭園の広大な緑を見たあとだけに、その鮮やかさが際立つ。

「風景庭園の雄大さもいいが、やはり美しい花々も楽しみたい。そんな想いで造らせた中庭です。国内外から集めた中でも、選りすぐりの花ばかり。どうですかな？」

「オウゴン草、センジュギク、トケイソウ、凄いアマゾンユリまである！」

残念ながら公爵の解説は、半分もサラの耳には届いていない。

ただただ、目の前の花を見つめるのに夢中になっていた。その様子を楽しそうに眺めていた公爵が、頃合いを見計らっていたかのように口を開く。

「実はこの中庭には、ある秘密の仕掛けがしてあるのです」

「秘密の仕掛け？」

顔を上げたのは、サラだけ。公爵は得意げな顔を、サラに向けてきた。

「その秘密が、君には分かるかな？」

まるで子供だな、と呆れながらも、その言葉はサラをその気にさせるには十分だった。

相手との身分差も忘れ、鼻息荒く答える。

「その秘密、あたしが解き明かしてみせます！」

「ほっほほ、楽しみにしております。ただし、タイムリミットは明日の晩餐会までですぞ。ちなみに、この中庭は屋敷の主だった部屋から見ることが出来ます。もちろん君らが泊まる二階の客室からも。あとで部屋に戻って、じっくりと考えるといい」

思惑通りの反応を楽しむかのように、公爵は微笑む。それからチラリと、中央の花壇に目を向ける。

「おっと、もうこんな時間か。そろそろ次の客人たちが戻って来るかな」

そう言うと、花壇に近づき、一本の花を手折る。そして、それをサラに手渡した。

「これは、チコリーの花ですか？」

「ああ。そして儂からのヒントです。それからもう一つ、この屋敷の中にも手掛かりがあります。よく探してみるといい」

それだけ言い残すと、公爵は中庭を抜け、屋敷の中へと戻っていった。

手元に残されたチコリーの花を見つめる。咲いたばかりなのか、花が揺れると、ふわりと香りが立った。

「アイリさま、聞きましたか？　この庭には秘密があるそうですよ」

先程から声が聞こえない、アイリの姿を花の中に捜す。丈の高い花の合間に、金色の髪が煌く。熱心に花を見て回っているようだ。

「ああ、聞こえていた。精々、金持ちの老人の趣味に付き合ってやるがいいさ」

さして興味もないらしく、サラの方を見ようともしない。

（きっと、『青い花』を探しているんだ）

なぜか、そんな気がした。

しばらくすると公爵が中庭に戻ってきて、他の客人が戻ってくる前に中庭から出るように促される。ぎりぎりまで粘ってみたが、『青い花』も庭の秘密も見つけられなかった。

二人を中庭から出すと、公爵はまた自らの手で中庭の扉に鍵を掛けた。

「なんで、こんな物を持って来たんだ！」

割り当てられた二階の客室に、アイリの怒号が響く。その怒りに震える手は、身に着けたイブニングドレスのスカートを握っていた。

「はい！　こんなこともあろうかと、マーサさんと相談して持って来ました」

したり顔で答えるサラに、アイリはこめかみを震わす。

「こんなこととは、どんな時を想定していたんだ！」

「それはもちろん、殿方に誘われた時です。まさか紳士用の燕尾服では、さまにならないじゃないですか」

ちなみに晩餐会で男性の正装とされる燕尾服は、持って来ていない。そう告げると、アイリの怒りは頂点に達し、遂に拗ねてしまった。スカートに皺がよるのも構わず、椅子に胡坐をかき、そっぽを向く。膨れた頬が、何とも可愛らしい。

「そんな顔なさらないで、折角の綺麗なお顔が台無しですよ。大丈夫です、良く似合っておいでですよ、そのドレス。とても美しいです」

慌てて宥めにかかる。ちなみに今夜のドレスは薄い水色。ふわりとしたスカートと、細く締まったウエスト、そして肩がわずかに覗く襟ぐりが冒険的だ。本当にアイリには、青系統の色がよく似合う。

「いまさら言われなくても、自分が美しいのは分かっている。そんな分かり切ったことを言うな！」

ぴしゃり、と言い切られる。それでも幾分は気をよくしたらしい。仕方がないな、とようやく椅子から腰を上げる。

「今夜だけだからな。仕方なくだからな」

「はいはい、分かっております。さあさあ、マイルズ男爵がお待ちですよ。たっぷり楽しんで来て下さい」

何度も念を押すアイリを、なんとか晩餐会が行われる一階の会場へと送り出す。それを見届けて、サラはようやく一息。

これから紳士淑女の皆さまは、日付が変わる頃まで、長い夜を楽しまれる。

使用人であるサラは、当然晩餐会には参加しない。部屋に戻り、用意してもらった夕食を一人食べる。

公爵の言った通り、部屋からは中庭が見えた。もう外は暗く、花の様子はうかがえない。

部屋に戻って来てからは、ずっと中庭のことを考えていた。もちろん公爵が口にした、庭の秘密の仕掛けについて。だが、さっぱり分からない。海外から輸入された珍しい品種はあったが、庭も花壇も造りはシンプル。特に仕掛けがあるようには思えなかった。

サラは闇に沈む中庭を見続ける。

どれほどそうしていたか、ふっと気がつくと、何やら騒がしい。騒めきは下の階から。

（随分と騒がしい晩餐会ですね。それとも、何かあったのでしょうか？）

得も言われぬ不安に襲われ、反射的に時計を探す。だが、この部屋にも時計は見当たらない。不安が膨らむ。不安が膨らむと、頭に浮かぶのは美しい少女の顔。

「アイリさま！」

堪らず椅子を蹴って、立ち上がる。部屋を飛び出すと、階段を駆け下り、アイリの元へ急ぐ。その間、誰ともすれ違わなかった。肌にじわりと汗が滲む。

晩餐会の会場である大広間に向かう途中、サラは視界の端にそれを捉える。大広間とは逆方向。暗い廊下の先に、一枚の扉が見えた。

「あれは……」

走る速度が鈍る。あの扉には見覚えがあった。中庭に続く扉だ。足が完全に止まり、サラは暗闇に目を凝らす。目がいいことは、数少ない自慢だ。その目が徐々に闇に慣れてくる。

「扉、開いてる？」

アイリとサラが中庭を出た時、公爵は確かに鍵を掛けていた。

(別に不思議じゃないよね。また公爵さまが客人を誘って、中庭を見に行っているんだ)

そう思いながらも、サラは扉の方へと吸い寄せられていく。予感めいたものがある。

扉の前まで来ると、夜風が顔を撫(な)でた。そっと扉を押すと、ギギギッと古めかしい音を立てる。扉は開いていた。

「……失礼します」

出来た隙間に、体を滑り込ませるようにして外に出た。中庭に明かりはなく、わずかな月明かりが闇を照らしている。人の気配はない。誰かがいるようにも思えない。

念のため庭を一周してみたが、特に何も見つけられなかった。安心したような、そうでもないような。

「か、鍵の掛け忘れですね。うん、きっとそうです」

強引に結論付け、引き返そうと足早に扉へ向かう。その時、不意に何かに躓いた。

「ふぎっ」

バランスを崩し、頭から転倒。石畳の上を転がる。

「いてて っ」

起き上がろうと、目を開けた瞬間、人の顔が飛び込んで来た。悲鳴を出すのも忘れて、その場を飛びのく。破裂しそうなくらい暴れている心臓を、なんとか落ち着けると、そろそろと様子をうかがいに戻る。人が倒れていた。

「だ、大丈夫ですか！」

慌てて駆け寄り、顔を近づける。

「こ、公爵さま⁉」

うつ伏せに倒れているのは、間違いなくハートフォート公爵。助け起こそうと、その手に触れた時、あまりの冷たさに再度飛び上がった。

「えっ、死んでいらっしゃいます？」

サラの疑問に、公爵は答えない。どうしていいか分からないが、もう一度確認しようと近づく。今度は背中に何か刺さっているのが見えた。反射的に手に取り、引き抜く。

「あっ、ナイフが……」

「誰！　そこに誰かいるの⁉」

バタン、と大きな音がしたかと思うと、続けざまに女の大きな声が響く。心臓が飛び出しそうな程驚いたサラを、今度は強い光が襲う。目を細め、ナイフを持ったまま扉の方を振り向く。

サラが声を掛けるより早く、女の悲鳴が上がる。数人が中庭へ入ってきた。

「きゃあああ、人殺しよ!!」

持ち上げられた女の指は、真っすぐにサラを指差した。

「えっ、あたし?」

＊　＊　＊　＊　＊

「あたしは人殺しなんてしてません！　何かの間違いです！　ねえ、聞いてますか？　ここから出して下さい！　誰か～！」

鉄格子を摑(つか)みながら、サラは大声で叫ぶ。だが、反応は返ってこない。暗い室内に、切実な声が虚(むな)しく響く。

中庭で公爵の死体を見つけたところを、運悪く見つかったサラ。なんの冗談か殺人犯と間違われ、駆け付けた地元の警察官に逮捕されてしまった。どれだけ無実を訴えても、話しすら碌に聞いてもらえず、気付けば警察署の地下牢の中。

そのままかび臭い檻の中で、一夜を過ごすことに。

一晩中、無実の声を上げていたので、喉が痛い。声が嗄れてからは、体を丸めて泣いていた。おかげで目の周りが腫れぼったい。きっと酷い顔をしているはずだ。

（このまま誰も助けに来てくれなかったら、どうしよう……）

脳裏を過る暗い未来に、思わず自分の肩を抱く。心が沈む。

そんなサラの心を、掬い上げてくれる音が聞こえてくる。どん、どん、どんと近づいてくる乱暴な足音。サラは跳ね起きると、鉄格子にしがみ付く。

「アイリさま！」

嗄れた声を絞り出す。

果たしてアイリがその姿を見せた時には、涙が出そうになった。なぜか隣にはウィリアム伯爵がいたが、気にもならない。感極まるサラに、アイリは一言。

「この大馬鹿者!!」

開口一番、鬼の形相で怒られた。感動の再会はどこへやら、ひっと小さく悲鳴を上げて飛び退る。

アイリは晩餐会の時の水色のドレスに、ストライプのショールを羽織っていた。目は充血し、髪もやや乱れている。いつも完璧な身なりのアイリだけに、余計に目に付くし、それが怒りの大きさを物語っているように思えた。

だが、サラとしては、ここでアイリに見捨てられるわけにはいかない。なによりアイリにだけには、信じて欲しかった。

「勘違いされています、アイリさま！　違うんです、あたしは人殺しなんてしてません！　信じて下さい！」

鉄格子を握りしめ、涙ながらに訴える。

するとアイリは腕を組んで、ため息を一つ。怒りの表情から、さらなる憤怒の表情に変わる。

「誰が勘違いなどするか！　僕はサラが殺人を犯したなどとは、一瞬たりとも考えたことはないぞ！」

乱暴な物言いとは裏腹に、その言葉が心に染み渡ると、サラはへなへなとその場に崩れ落ちた。安堵と嬉しさで涙が溢れ出す。

「アイリさま……」

「とにかく、何があったか話を聞かせろ。大丈夫だ、僕が必ず助けてやる」

「……というわけです」

ことの一部始終を話した。その間、鉄格子の向こうのアイリは、身じろぎ一つせず耳を傾けていた。最後に、なるほど、と言って頷く。

「あの、そちらはどんな感じですか？　事件の状況とか、捜査の進捗とか」

遠慮がちに訊ねると、アイリとウィリアムは顔を見合わせる。おもむろにアイリが口を開く。

「屋敷の中庭で、老人が背後からナイフで刺されて殺された。事件としては、ありきたりな殺人事件だ。普通でないところといえば、殺されたのが王国有数の大貴族であることだな」

「遠からずリットンにも事件が伝わる。あのハートフォート公爵が殺されたんだ、貴族界は大騒ぎになるはずさ」

横からウィリアムが口を挟む。そんな伯爵の姿を、サラはまじまじと見つめる。

「今の今まで気にしてませんでしたが、ウィリアムさま、なぜここに？」

「なぜここに、とは酷いなあ」

頭を抱え、本気で傷ついた顔をするウィリアム。相変わらず仕草が大袈裟な方だ。

「僕が呼んだ。ここの警察共は頭が固くて、頑なにサラへの面会を認めやしない。だから、権力に訴えることにしたのさ」

「またリッチモンド公爵家の威光を利用したわけですね。ウィリアムさま、本当にありがとうございます」

「礼など必要ない。アイリーンの頼みなら、たとえ火の中だろうと、深海の底だろうと
——」

「話を戻そう」

ウィリアムの情熱的な言葉を、アイリは冷たい一言で切り捨てる。サラはウィリアムを、心から不憫に思った。

「警察は本当に、あたしが犯人だと思っているんですか？」

「いいや、警察だって馬鹿じゃない。死体の状況から見て、公爵が殺されたのはもっと前の時間だと分かっているはずだ。現に公爵は、晩餐会が始まっても姿を見せなかった」

「そうなんですか」

晩餐会に出ていないサラにとっては、初めて聞く話だ。

「いつまでたっても公爵が姿を見せない。使用人たちに確認しても、どこにいるのか分からないと言う。普段からふらりと庭に出ていくことはあったらしいから、今回も庭に出て、トラブルにでもあっているのかもしれないという話になった。それで客人や使用人は、外へ捜しに出かけていたんだ。捜索中に公爵が館で殺されていたと聞いて、慌てて帰って来てみれば……」

「あたしが捕まっていた、というわけですね」

アイリの冷たい目線が、ドジと訴えかけてくる。サラは首を竦めた。

「まあまあ、サラ君もアイリーンのことを心配して、行動した上でのドジだ。そう責めてはいけないよ」

ウィリアムが取りなしに入った。その優しさが身に染みる。つい先程まで恋敵を応援していたことを、サラは心の中で猛烈に詫びた。

「それで容疑者は絞れているんですか？」

「ああ、実は僕らと同じように、公爵からあの中庭に案内された者が何人かいた。あの庭には秘密の仕掛けがあると言われ、花を手渡されて退場。話の内容も、流れもほぼ同じだったようだね。大方、明日の晩餐会で、余興として種明かしでもするつもりだったんだろう」

要するに中庭自慢の犠牲者だ、とアイリは鼻を鳴らす。

「ですが、それだったら最後に公爵に会った人が、一番怪しくないですか？」

格子を握るサラの手に力がこもる。

「警察もそう考えている。だが、ここで困った事が二つ」

アイリが指を二本立てる。

「な、なんですか？」

「一つは、公爵がどんな順番で会ったのかが分からない。サラも気付いていたかもしれないが、あの屋敷には時計がない。そのため公爵に声を掛けられたのがいつだったか、正確な時間を覚えている者は一人もいなかった。全員ぼんやりとした証言ばかり。もちろん嘘を言っている可能性もあり、誰が最後に公爵と会ったのか特定出来ずにいる」

「そ、そんな～」

あの屋敷で時間を確認しようとして、その都度、時計が見当たらなかったことは覚えている。

エルウィン島は一年を通して、太陽が姿を見せることが少ない。その上、ここは島の中でも北に位置する。そのため日が暮れるのが遅く、ぼんやりと明るい状態が長く続く。つまり太陽の位置や、明るさで時刻を判断するのが他の土地より難しい。時計がないあの屋敷では、誰も正確に時刻を把握出来ていなかったことになる。

「もう一つは動機が見つからないことだ」

「動機ですか？」

首を傾げるサラ。アイリに代わり、ウィリアムが話を引き継ぐ。

「もともとハートフォート公爵は慈善活動にも熱心で、貴族社会では聖人とまで言われていた方だ。怨みを買っていたとは思えない。しかも容疑者に挙がっている者は、公爵から何かしらの援助を受けていた。公爵が死に、援助が途切れると困る者たちばかり。それがどういうことか分かるかい、サラ君？」

「つまり殺す動機が、ない」

アイリとウィリアムは揃って頷く。サラは頭を抱えたくなった。折角、事件解決の糸口を見つけたと思ったのに、これでは八方塞がりだ。

「他に手掛かりはないんですか？」

「手掛かりかどうかは分からないが、死体のそばに踏みつけられたバラの花と、オレンジの枝が落ちていたらしい」

「バラの花と、オレンジの枝？」

「まあ、公爵と犯人が争った拍子に花を踏みつけ、枝を引っ掛けでもしたのだろうさ」

アイリの言葉に、サラは大きく頭を振る。

「いいえ、それは違います。バラはともかく、あの中庭にオレンジの木はありませんでした。間違いありません」

サラがきっぱり言い切ると、アイリは青い瞳を見開く。

「中庭にオレンジの木がない？　それではあのオレンジの枝は、わざわざ持ち込まれたということか。おそらく犯人によって」

「そういえば屋敷の片隅にオランジェリーがありました。覚えてみえますか、アイリさま？」

二人で風景庭園を散策した帰りに見たレンガ造りの建物。

なるほど、と呟くと、アイリは顎に拳を当て黙り込む。何か考えている時の癖だ。

思考の海に潜り込んだアイリに代わって、ウィリアムが話を引き継ぐ。

「ああ、あったあった。あのオランジェリーは庭で一番古い建物らしい。何でも『裏庭の魔女』と呼ばれる庭師が造園したと、公爵さまから聞いたことがある」

『裏庭の魔女』が？　こんな所にも来てたんだ」

思いがけない事実ではあるが、いまはそれどころではない。今考えるべきは、オレンジの枝とバラの花。

（わざわざ持ち込んだうえ、残して行ったってことは何か意味があるはずです。あのオレンジの枝とバラの花には。オレンジとバラ、枝と花、花？）

サラの脳裏に何かが引っ掛かった。

「そういえば、公爵は中庭を案内した人たちに、花を渡していたんですよね？　あたしには、チコリーの花でした。他の人も同じ花でしたか？」

「いいや、バラバラだったそうだよ、サラ君。ええっと、ヤマブキショウマ、スイレン、セイヨウタンポポ……」

考えに沈むアイリに代わって、ウィリアムが答えてくれた。手帖を広げながら卿が読み上げた花の名前が、サラの頭の中をぐるぐると駆け回る。そして一つの可能性を見出す。

「もう一つ、どうしてあの屋敷は時計がなかったんですか？」

「公爵の意向だよ、サラ君。もともとは屋敷のいたるところに、時計があったらしい。それがある時、急にすべての時計を撤去すると言い出したそうだ。そう、丁度あの中庭が完成した頃らしい」

ダメ押しだった。ここまで調べてくれたウィリアムに、サラは大いに感謝する。そして確信した。

「あたし、分かりました」

サラは力強く言い切る。ウィリアムだけでなく、アイリもサラの方を見た。

「本当かい、それは？　犯人が分かったというのか、サラ君！」

「いいえ、全然。分かったのは中庭の秘密です」

肩透かしを喰ったウィリアムが盛大につんのめる、その横で、アイリがすっくと立ち上がった。その顔は憂いを帯びているように、サラには見えた。

「あ、アイリさま？」

「僕も分かったよ。犯人の動機がね」

翌日の昼過ぎ、サラの容疑は晴れた。

地下牢から解放されたサラを、アイリが迎えに来てくれていた。二人で馬車に乗り、リットンに帰るため最寄りの駅に向かう。

「植物には決まった時間に開花し、決まった時間に花を閉じるものが幾つかあります。そしてその時間は植物によってまちまち。その習性を利用し、開花した花の種類で時刻が判るようになっていた。それがあの中庭の秘密です」

例えばセンジュギクが咲いたら七時、ヤナギタンポポは八時で、ノゲシは九時といった具合に。

「つまり、本物の花時計だね」

アイリの言葉に、サラは頷く。

もちろん環境や気候、季節により開閉花の時刻は変わるから、そこまで正確ではない。それでも百年ほど前にある植物学者が試作した花時計は、実際の時刻と三十分以内の誤差しかなかったらしい。

「あの屋敷には時計がありませんでした。そして客室をはじめ、主だった部屋から中庭を見ることが出来るようになっていた。それがヒントだったんです。そして最後のヒントとして、公爵はその人と会った時刻を示す花、つまりつい先程開花したばかりの花を手折って渡していた」

公爵から手渡されたチコリーの花を思い出す。咲き立ての、強くて新鮮なにおいが蘇る。

「おかげで、当日公爵に中庭を案内された客人の順番が分かった。そして犯人も」

真っすぐ前を向いたままアイリの表情は、普段と変わらない。それでもサラは、そこに憂いの影を見る。

「動機は？　動機は何だったんです？」

「わが国で革命の嵐が吹き荒れた頃の話だ。立ち上がった市民たちが王侯貴族の庭に入り込み、バラを踏みつけ、オレンジの木を引き抜いた。バラとオレンジこそ、王侯貴族の権力と贅沢の象徴だったんだ」

　当時の貴族はバラの品種改良と、オレンジの生育に大金を投じていた。圧政に苦しむ市民にとっては、なるほど恨みたくなるわけだ。

「それはつまり、公爵の圧政に苦しめられていたということですか？　でも、公爵は聖人と呼ばれていたのでは？」

「貴族の間ではね。ところでサラ、あの風景庭園を造るのに、公爵は十年の歳月と途方もない大金を投じたらしい。川の流れを蛇行させ、木々を切り払い、景観の邪魔になる村や橋は移動させた。中でも一番大きな工事は、川を堰き止め湖を造ったこと。屋敷の前に広がっていた、あの湖さ。そのために村を一つ、水没させたらしい」

「……」

「もちろん立ち退きを命じられた村人には、別の場所に立派な家や畑が与えられた。心優しい公爵さまだからね。だが、多くの村人は故郷を捨て、街に出たらしい。彼もその一人だった」

町へ出た彼は事業に成功し、ついには男爵にまで上り詰める。誰もが目を見張るサクセスストーリー。そんな彼の原動力は、一体何だったのだろう？　故郷への想いだったのか、公爵への怨みだったのか。

「僕の推論と花時計のことを伝えたら、すんなりと自白してくれたよ。証拠と呼べるほどの物は何もなかったのにね。きっと捕まるのは覚悟の上だったのだろう。そういえば、彼からメッセージを預かってきたよ」

「あたしにですか？　何ですか？」

「大好きな主人を守ろうとした君に、怖い思いをさせてしまった。本当にすまない。それだけ預かってきた」

沈黙する二人の横を、絵画のように美しい景色が流れていく。

「……あたしは、庭は人を幸せにするものだと、ずっと信じてきました。でも、間違っていたのかもしれません」

つい、本音が零れてしまった。自分に容疑が掛けられたことより、いまは庭が殺人の動機になったことがショックだった。アイリがちらりとこちらを見てから、口を開く。

「間違ってはいない、と僕は思う。庭とは本来、人の心を和ませ、喜ばせるためのものだ。そうなるように、庭師や園芸家は情熱を注ぐのだろ？　その本来の目的を忘れ、庭を権力誇示の道具とし、弱者を顧みない貴族が愚かなんだ。公爵だけじゃない、貴族とはそういう度し難い生き物なのさ。そんな奴らのために、サラが傷つく必要はない。まあ、貴族の僕が言っても詮無いがね」

驚きに目を見開くサラの前で、アイリは肩を竦めて見せる。

「アイリさまは、貴族が嫌いなのですか？」

「ああ、嫌いだ」

「では、なぜ男爵を継がれたのですか？」

「……」

答えは返ってこない。俯いた横顔が、痛々しく見えた。

「アイリさまは、他の貴族とは違います。アイリさまは、全然貴族らしくない貴族ですから」

「貴族らしくない貴族か。誉め言葉と受け取っておくよ」

そう言って微かに笑うアイリ。サラにはそれ以上、かける言葉を見つけることは出来なかった。黙り込むサラの肩に、何かが当たる。アイリが体ごとサラに寄りかかり、その頭が肩にふれていた。そっと覗いた横顔。青い瞳は閉ざされ、儚げな笑みが浮かんでいた。

流れていく景色はどこまでも続いて、終わりが見えない。その中を馬車は疾走していく。

「さあ、家に帰りましょう、アイリさま」

第四章　幽霊屋敷と古典庭園の隠し事

「明日、幽霊屋敷を見に行く。サラ、ついて来い」

　アイリが急にそんなことを言い出したのは、朝食後のティータイムの時。優雅に流れる時間の中に、随分と場違いなワードが混じる。

　ティーポットを持って控えていたサラは、ポットをテーブルに置き、自分の耳を引っ張ってみた。その存在が確認できると、アイリに向け人差し指を一本立てて見せる。もう一度の合図。

「郊外に幽霊が出ると噂の屋敷がある。それを見に行く。実際に幽霊を目撃したという者も、何人かいるという話だ。かなり信憑性は高い。だから安心しろ」

　さらに詳しい情報が出て来た。

　だが、残念ながら論点がずれている。別にサラは、その話に信憑性があるかを心配しているわけではない。ましてや実際に幽霊を目にする機会を得たことに、喜び打ち震えているわけでもない。震えているとしたら、単なる恐怖からだ。

　なんとアイリに返事をしたものかと悩んでいたが、結局シンプルなものを選択した。

「えっ、えええええっー!!」

「姐さん、どうやらその屋敷、もともとは大貴族のカントリーハウスだったらしい。建てられたのは百年以上前で、かなり大きな屋敷だ。ただ、いまはもう誰も住んでない。人が住まなくなってから、かなりの時間放置されていたようですっかり廃墟だ。まさに栄耀栄華のなれの果てだね」

「なるほど。まるで我ら貴族の行く末を暗示しているようだ」

どこからか仕入れてきたらしいマーサの噂話を、なぜかアイリは嬉しそうに聞いている。

「いつ頃からその廃墟に幽霊が住み始めたか、正確なことは分からなかった。ただ、一年ほど前から窓辺に佇む人影や、庭を浮遊する光を見たという証言が増え始めてる。噂では非業の最期を遂げた貴族の幽霊が、夜な夜な彷徨っているんだとさ」

「余程、無念な最期だったのだろう。だとしたら、さもありなん」

アイリとマーサの会話は、淡々と進む。そんな二人の話を、サラは大きめの体を震わせ聞いていた。いや、耳を塞ぎ、聞かないようにしていた。そんなサラに、声が掛かる。

「サラは幽霊を見たことがあるかい？」

「いや、ないです」

「そうか。偶然だね、僕もないんだ。折角の機会だ、一緒に幽霊見物と洒落込もう」

もはや主が何を言っているのか分からない。サラは涙目で首を振る。

「いや、無理です。そもそも本当に幽霊が出たらどうするんですか？」

「おかしなこと言う奴だな。本当に出るから行くんだろ？　そして出たら捕まえてやる」

またサラの頭が痛くなるようなことを言い出す女主人。まるで山に虫を捕まえにいく子供の発言だ。

「でしたら、あたしじゃなくてもいいじゃないですか？　荒事はマーサさんの専門だし……」

「いや、ダメだ。サラを連れて行くのには、ちゃんとした理由がある」

ぶつぶつと往生際の悪さを発揮するサラに、アイリはピシャリと言い放つ。

「理由？　何ですか？」

「その幽霊、どうやら園芸好きらしい。きっと話が合うぞ、サラ」

明日など来なければいいのに、と割に真剣に祈りながら、サラは裏庭での作業をはじめた。

今日は芝生の手入れ。

長い間放置されていた裏庭の芝生は、所々剥げたり黄ばんだりしていた。ハートフォート公爵の庭で見た、絨毯のように均一で目の詰まった芝生が理想。

まず芝生に混じって生えた雑草を抜いていく。夏を迎えるこの時期は、植物にとって成長の季節。それは雑草にとっても同じ。毎日の草取りは欠かせない。次に傷んだ部分をカットして取り除く。取り除いたりして、剝げてしまった部分には、新たに芝の種を蒔き、水をたっぷりと与える。

芝が伸びている部分は、園芸ばさみで刈り取り高さを揃えていく。これを毎週行う。

「大変だね。もう少し伸びてから、やった方が効率的じゃないか？」

いつの間にかアイリが、裏庭に出て来ていた。

「芝には成長点というのがあります。この成長点より下で切ってしまうと、芝は伸びなくなり、枯れてしまいます。伸びた状態で刈ると、どうしても成長点より下を刈ってしまうリスクが高まる。だから、芝はこまめに刈る必要があるんです」

「なるほどね」

「ある芝生作りの名人が言いました。理想の芝生を作る秘訣は、毎週芝を刈り、刈った芝を箒で掃き集め、毎日たっぷり水をやること。それを三百年続ければ、いい芝生が出来ると」

「必要なのは根気、というお話だね」

苦笑いするアイリに対し、サラは真面目に頷く。

「そういえばアイリさま、この庭のガーデニング日誌はないのですか？」

「ガーデニング日誌？」

「はい。必ず必要なものではないのですが、多くの園芸家や庭師は記載しているはずです。植えた植物の種類、蒔いた種の産地、サンプルや成長記録はもちろん、成功したアイディア、無残に失敗した試み、気まぐれな天候への愚痴など、あらゆることが書かれています。読めば庭園の歩みが分かります」

「どうしてまた急に？」

アイリの問いかけに、サラは頬を掻く。

「手入れするうちに気づいたんですが、この裏庭には色々な試みがされているようなんです。例えば、歩道にはヒカゲユキノシタやユッカが用いられていました。花壇にはラベンダーやラムズイヤーなどの銀葉植物を植えていたはず。一体どんな庭だったか、日誌を見れば分かるかと思ったんです」

「分かった。探しておくよ。邪魔して悪かったね、作業を続けてくれ」

はい、と威勢よく返事するサラ。再び芝生に向き合う。

「それではアイリさま、三百年後を楽しみにしていて下さい。あたしがこの庭の芝生を、必ず立派に育ててみせますから」

「楽しみにしているよ。お互い、長生きしないとね」

当り前のように次の日はやって来る。

昼食の片づけを済ませると、サラは荷物を抱え外に出た。空に雲が多いのはいつものことだが、今日は風がある。初夏とはいえ、夜はまだ冷えるこの時期だ。日が暮れると、この風はこたえるかもしれない。

（こんな日に、日の高いうちから幽霊探索とは、とほほです）

思わずサラはため息を零す。

屋敷（やしき）の前には、すでに手配した馬車が停（と）まっていた。ガーネット家は自家用馬車を持っていない。いるのは御者（コーチマン）と馬だけ。そのため必要に合わせて、車体部分だけをレンタルしてくる。

今回は少し遠出するということでバルーシュという二頭立ての無蓋四輪馬車。高い御者席の後ろに、二つの座席が並んでいる。後部には折り畳み式の幌（ほろ）が付いており、急な雨の時などに便利だ。

その御者席には、すでに男が座っている。ガーネット家の御者（コーチマン）だ。

彼もガーネット家の使用人だが、屋敷には住んでいない。少し離れた所にある馬小屋――採用試験の間、サラが寝泊まりさせてもらった小屋だ――で、二頭の馬と共に住んでいる。

「今日は少し遠いですが、よろしくお願いします」

　サラが声を掛けると、御者は帽子を取り、小さく頭を下げた。彼は無口で、滅多なことでは喋(しゃべ)らない。それでも柔和な顔立ちが、その気のいい性格を表していた。

　ガーネット家は当主のアイリを始め、女性がおしゃべりで行動的、男の使用人たちは大人しく物静か。絶妙にバランスが取れている。

「さて、行くか」

　スーツ姿のアイリが颯爽(さっそう)と馬車に乗り込む。薄手のコートを手にしたサラが、その横に座ったのを確認すると、御者は軽く鞭(むち)を振った。

　問題の幽霊屋敷はリットンの郊外。馬車は賑(にぎ)やかな町中を抜け、少しずつ建物も疎(まば)らな場所へと進む。

　さすがアイリが見込んだだけのことはあり、御者の腕は良かった。馬車の揺れが、乗合馬車に乗るときと比べて格段に少ない。乗り物全般が苦手なサラにとっては、とても有難(ありがた)かった。

「そういえばアイリさま。幽霊屋敷の幽霊は園芸好きという話でしたが、どうしてそんなことが分かったんですか？」

　まさか幽霊に直接、話を聞いたわけでもないだろう。

「そのことか。例の非業の最期を遂げた貴族、生前は相当な園芸家だったらしい。幽霊屋敷にも、かなり立派な庭を造ったそうだ」

「に、庭ですか」

思わず、サラの尻が浮く。立派な庭と聞いて、庭師の血が黙っていない。

「いまは庭の方も、すっかり荒れ果てているが、幽霊は決まって庭に現れるそうだ。何人かいる目撃者全員が、庭を彷徨う幽霊を見たと言っている。庭を造園した主の霊が、夜な夜な様子を見に回っているのだそうだ」

「なるほど、さもありなんです。蒔いた種は芽を出したか、花は咲いたか、実はまだか。庭を造ると気になることだらけ。特にこの季節は雑草が多く生えるから、おちおち死んでもいられないんでしょうね」

うんうん、と頷くサラ。アイリは苦笑する。

「そこはすんなり受け入れるんだな。それから目撃者の一人が、その庭で花壇を見たと言うんだ。月夜に照らされた花壇には、光り輝く花が咲いていたそうだよ」

「光り輝く花。幽霊が育てた花、ですか」

「興味あるだろ？　それに、その花壇には青く輝く花もあったそうだ」

「えっ、青い花が何ですって？」

訊き返そうとするサラを置き去りにして、アイリが突然立ち上がる。

「見えて来たぞ、あれが幽霊屋敷だ」

風に飛ばされないようハットを手で押さえながら、アイリが行く先を示す。そこにはかつて栄華を誇った屋敷が、見るも無残な姿で横たわっていた。

元は玄関と思しき場所に、御者はぴたりと馬車を止めた。わずかに汗ばんだ馬の首筋を、御者はぽんぽんと叩いて労う。

「これはなかなか、ひどいね」

先に馬車を降りたアイリが、辺りを見回す。続いて馬車を降りたサラ。立ち込める草いきれにむせる。初夏のにおいだ。

屋敷の惨状は、想像以上だった。窓は割れ、屋根は歪み、壁は所々剝がれている。そして無遠慮に伸びた雑草たちが、壁といわず、屋根といわず、屋敷を覆っていた。幽霊屋敷の名に相応しい廃墟だ。

アイリはためらいなく、ずんずんと中へと進んでいく。サラは二の足を踏む。中に入るのは怖いが、アイリを一人行かせるのも心配だ。後ろを振り向くと、馬を優しく労わっていた御者と目が合う。彼はニコリと微笑んだ。頑張って下さい、と笑顔が言っている。

「あ、アイリさま、待って下さい！」

急いで前を突き進む小さな背を追いかける。

入ってすぐのところは玄関ホール。屋敷の中は薄暗い上、埃っぽい。鼻をつくカビのにおい。サラはそっと鼻を覆う。

「そういえば、ここの庭ってどこにあるんですか？　屋敷の周りには見当たりませんでしたけど」

黙っていると気持ちが沈み込みそうになるので、努めて明るい声を出す。

「庭はここから川を挟んだ向こう側だ」

こんな状況でも庭があると聞けば、サラの心が浮き立つ。どこかそわそわ、落ち着かない気持ちになってくる。

「そんなに焦らなくても、庭はあとで見に行く。心配するな」

先を行くアイリが口元を綻ばせるのが分かる。少しだけ空気が和んだ気がした。

だが、次の瞬間、緩んだ空気が一変する。

「誰だ！」

突然、アイリが叫ぶ。なんの予告もなしの絶叫に、サラはその場で跳び上がる。そのうえ、屋敷の奥から人影が現れたものだから、サラの肝はぺっしゃんこに潰れた。

「そういう貴様らこそ誰だ！　廃墟（はいきょ）とはいえ、ここは私有地だ。勝手に足を踏み入れることは許さんぞ！」

物陰から現れたのは、小柄な男。ランプをかざし、こちらの様子をうかがっている。

「私有地？　その口ぶりだと、キミがこの屋敷の所有者なのか？」

「所有者ではない。俺はこの屋敷を管理している不動産屋だ」

不動産屋と聞いて、サラはほっと胸を撫で下ろす。アイリも警戒を緩め、男に近づいていく。

「そうか、不動産屋か。それは丁度いい。僕はアイリーン・ガーネット。女男爵だ」

「女男爵、さま？　女男爵さまが、何の御用で？」

男もランプを下ろす。

「実は、郊外にあるカントリーハウスの購入を考えている。物件を探していた時に、この屋敷のことを耳にした。それで内見を兼ねて、見に来たというわけだ。管理する不動産屋に会えたのは僥倖。一つ、屋敷の中と川向こうの庭を案内してくれたまえ」

えっ、ほんとうですか？　と声を上げかけたサラは、向う脛を思いっ切り蹴られた。口元を押さえたまま、痛みでその場に蹲る。

「内見？　ここの噂を聞いていないのですか？」

「ああ、幽霊が出るとかいう噂か？　噂なんて、所詮は噂。僕はこの目で見ない限り信じないね。それとも、何か案内出来ない理由があるのかな？」

挑発めいたアイリの物言いに、サラは内心冷や冷やしていた。案の定、男は片方の太い眉を吊り上げる。

近づいてみると、思ったより男の背は低い。肩幅も狭く、胸の厚みも薄い。身なりはよく、余程、不動産で儲けていることをうかがわせる。だが、こけた頬に尖った顎、目の下には濃い隈、そして眼光は鋭い。人相がよくない。よく客が逃げ出さないものだと思う。

「よろしい。ご案内しましょう」

しばらく黙考した後、不動産屋を名乗る男は踵を返した。

不動産屋に案内され、アイリとサラは屋敷の中を隈なく見て回る。

一階の玄関ホール、広間から始まり、二階に上がって書斎に応接間、食堂、寝室、客室へと進む。どの部屋も使われなくなって長いため、埃が積もり、蜘蛛の巣がそこここに張っていた。

(幽霊を探しに来たはずが、いつの間にか新居探し。えらいことになってますね)

サラは戸惑うばかりだが、アイリの方は素知らぬ顔で不動産屋と話し込んでいる。その肝の太さに舌を巻く。

最後に案内されたのは地下で、キッチンと使用人のためのスペース。

「この屋敷が最後に使われたのは、いつ頃だろうか?」

ほとんど物が無く、がらんとしたキッチンで、アイリは竈の中を見つめながら訊ねる。

「五十年か六十年、あるいはもっと前か。こんな幽霊屋敷、誰も購入したがりませんよ」

せせら笑いながら、不動産屋は汗を拭う。

「そうか」

竈に残った薪の燃えかすを、アイリは足の裏で踏み潰した。

残すは川向こうの庭だけ。

「庭は川を挟んだ向こう側です。ですが、真っすぐには行けません。川は深くはありませんが、流れが速く、渡るには橋を使うしかない。だが橋はここより上に上った所にしかなく、遠回りすることになります」

「構わない、行ってみよう。馬車は僕らのを使えばいい。どうしても見たいと言い張る、困った使用人がいるからね。悪いが付き合ってくれ」

不動産屋は明らかに嫌そうな顔をしていたが、口に出して反対はしなかった。

三人で馬車に乗り込む。アイリとサラが後部の席に座り、不動産屋は御者の隣に座った。

来るときには気付かなかったが、確かに川の向こうに庭が広がっている。屋敷のある側の岸が幾らか高く、庭を見下ろす形になっている。そのため全容が一望出来た。

「緩やかな丘の上に、幽霊屋敷は立っているんですね」

「ああ」

サラの問いかけに、不動産屋は気のない返事を寄越す。こちらを振り向きもせず、あくびを嚙み殺している。

馬車は川沿いを進む。不動産屋が言った通り、橋は川を上流に少し上ったところにあった。屋敷から庭までの直線距離を考えたら、かなりの大回りだ。目の前に庭が広がっているだけに、余計にそう感じる。

（なんで、こんな不便な状況にしておくのだろう？　橋を一本架けるだけで、解消するのに？）

もちろん橋を架けるのは大変なことだ。だが、あれだけ広い屋敷と庭を造れるなら、橋の一本くらいどうということはない気がする。不動産屋に訊いてみたいが、また睨まれてはかなわないので黙っておく。

他人が乗っていることもあり、御者はいつも以上に慎重な運転。それもあって、庭につくまで三十分以上掛かった。

「さあ、着いたぞ」

アイリの言葉を合図に、馬車を降りる。屋敷と同様、庭もすっかり荒れ果てていた。中央に設置された巨大な噴水の水は枯れ果て、手入れされていない花壇は雑草に侵食されている。風雨にさらされた彫像は劣化し、せっかくの彫刻も元の形がわからなくなっていた。

不動産屋に断りを入れ、二人で庭の中を見て回ることにした。話を聞いた不動産屋は、心底うんざりした様子だったが、蠅でも追い払うように手を振った。勝手に行ってこい、といったところか。

「こんな荒れた庭を見てどうするんだ、って顔だったな」

「なんだかあの人、全然やる気がありませんね。不動産屋さんとしては、物件が売れた方が嬉（うれ）しいだろうに」

「あるいは売れて欲しくないのかも」

今度はアイリが不思議なことを言い出す。サラは首を傾（かし）げるが、アイリは楽しそうに笑うばかり。

「それより、サラ。ここはどんな庭なのか、僕に説明しておくれ」

待ってましたとばかりに、サラは大きく頷く。そして咳払（せきばら）いを一つ。

「ここは素晴らしい庭、でした」

ぐるりと辺りを見回してから、話を続ける。

「様式としては、おそらく最古のものになると思われます。庭園文化の起源とも言われるこの様式が誕生したのは、いまから四百年前。一言で言えば自然の美しさと、造形的な美しさを融合させた庭です。人工的に整えられた美しさの中にも、野性的な力強さがあります。この庭園様式の整備された美しさを進化させたのが、シムネル夫人の邸宅で見た整形庭園（フォーマル・ガーデン）になります。逆に野性的な部分に特化していったのが、ハートフォート公爵の風景庭園です」

「なるほど。だから庭園文化の起源と言われるんだね。それにしても、相変わらず庭のことになると、サラとは思えない難しいことを言い出す」

からかいながらも、アイリが真剣に耳を傾けてくれているのが分かる。サラの口調にも熱が入る。

「テラス式とも呼ばれるように、特徴の一つとして傾斜や段差といった地形を有効利用して、広い眺望を楽しみます。また人工物も多く設置します。特に噴水や、階段滝（カスケード）など、水を効果的に使った物が多いです」

「カスケード？」

何かに気付いたのか、アイリは自分の足元を見る。庭の中心を通すように、幅の広い階段が続いていた。アイリとサラは、いまその上を歩いている。

「ええ、おそらく昔はここに水が流されていたのだと思います。そして庭の端から端まで貫くこの階段滝を軸に、左右対称の幾何学構成が展開されていた。きっと素晴らしい眺めだったことでしょう」

在りし日の姿を思い浮かべ、サラは感嘆のため息を吐（つ）く。古（いにしえ）の名もなき庭師、園芸家に敬意を表しながら。

その後も、二人は時間が許す限り、かつて庭だった場所を見て回る。

大きな円形の池があり、灰色の噴水があり、幾つもの菜園や花壇があった。植え込みに縁どられた小道が放射線状に広がり、高い塀に囲まれた散歩道が長く続く。

どれも在りし日の素晴らしい姿を思い起こさせる。でもいまは、池の水は濁り、噴水は涸れ、菜園や花壇には何も植わっていない。小道は草だらけで、塀は蔦や蔓で覆われ、散歩道は行き止まりだった。

「さて、そろそろ戻ろう。きっと不動産屋が、しびれを切らして――、どうかしたか？」

「見て下さい、イチジクコバチがいます」

散歩道を引き返していた時、サラが驚きと共に、自分の人差し指をアイリに見せる。体長五ミリほどの小さな虫が指先にとまっていた。だが、サラの驚きは伝わらなかったらしく、アイリは不思議そうな顔で首を捻る。

「それがどうした？　珍しい虫なのか？」

「これは――」

「お二方、そろそろいいでしょうか？　早く戻らないと、日が暮れてしまいます」

不機嫌そうな声が、割って入ってきた。いつの間にか、すぐ傍に不動産屋が来ていた。その眉間には深いしわが刻まれ、口には紙煙草をくわえている。暑がりなのか、せわしなく汗を拭っていた。

「ああ、待たせたな。もう十分だ。幽霊屋敷に戻ろう」

素知らぬ顔で、アイリが答えた。

初夏を迎えるこの時期、エルウィン島は一年で一番日が長い。庭から幽霊屋敷に戻ってきても、辺りはまだ明るかった。いまから家路についても、暗くなる前にはガーネット家に辿り着ける。

だが当然のごとく、アイリはその案を却下する。

「当り前だろ。実際に幽霊が目撃されているのは夜だ。本当に幽霊が出るのか確認しなければ、ここまで来た意味がない」

そう宣言するや、足早に二階へ上がろうとする。慌てたのは不動産屋の男。大急ぎでアイリの袖を引く。

「ちょ、ちょっと、男爵さま」

「ああ、キミか。悪いが、一晩客室を貸してもらう。食事や寝具の気遣いは無用だ。こちらで手配する。この状態では施錠の心配もあるまい。キミはもう帰っていいぞ。内見の結果は追って知らせる。ご苦労だったね。では、また」

早口でまくし立てると、袖を払い、今度こそアイリは二階へ上がって行ってしまった。

茫然と立ち尽くす男の脇を抜け、サラもアイリの後を追う。背後から何かを蹴り飛ばす大きな音がしたが、聞こえなかったことにする。

二階に上がったアイリは、早速、庭の方角に窓がある客室を一つ占拠。

「ここからなら、もし庭の方に幽霊が出ても分かるはずだ」

さあ来い、とばかりに腕を組むアイリ。満足げな主の顔を見ながら、サラはため息を吐く。

「本当に幽霊は出るんでしょうか？」

「さあね。だが、何かしら動きがあるはずさ。今夜ね」

窓の外を見ながら、アイリは確信めいた口調で言い切る。

「何か分かったんですか？」

「いや、確かなことは何も。そんなに緊張するな。夜までは、まだ時間がある。そんなに張りつめていると、疲れてしまうぞ。それより今のうちに、部屋を掃除しよう。それから御者に頼んで、近くで食事を買ってきてもらおう」

指示を出しながら、アイリはどこか楽しそうだ。なんだかピクニックみたいで、サラも少し楽しくなってきた。

「分かりました。頼んできます」

御者が食事を買いに行っている間に、地下で見つけた掃除道具で部屋を掃除する。ベッドは埃まみれの上、台や天蓋が腐っており、とても使い物にならない。それでも備え付けのテーブルや椅子は、埃を払えば、問題なさそうだ。

一晩、二晩はどうにか凌げそうなくらいに、部屋が片付く。そのタイミングで、窓の外に馬車を見つける。御者が帰って来たらしい。

サラは部屋を飛び出し、玄関に馬車を迎えに行く。御者から買ってきたパンとミルクを受け取る。悪いが彼にも、一晩付き合って貰うことに。一階の好きな部屋を使っていいと伝えると、彼はやはり無言で頷いた。

部屋に戻る途中、玄関ホールをうろうろする不動産屋を見かけた。

突然、風が窓を叩く。外には夜が近づいていた。

「アイリさま、食事が届きました」

「ご苦労。そういえば不動産屋はどうしている？　帰ったか？」

「いいえ。ロビーをうろうろしながら、タバコを吸っていました」

「ふふふ、まあ、そうだろうね」

アイリが意味ありげな笑みを浮かべた。

「不動産屋というのは、寝る間もないほど忙しいお仕事なんですね」

「どうしてそう思うんだい？」

「不動産屋さん、眠そうにあくびを繰り返してみえますし、目の下の隈もひどいじゃないですか」

「う～ん、そうだね。真面目に働いている不動産屋は、きっと忙しいんじゃないかな。さあ、それより食事にしよう」

蠟燭に火を灯し、向かい合って粗末なパンで夕食をとる。食事中の話題は、必然的に幽霊について。

「幽霊というのは、本当にいるものなんでしょうか？」

「さあね。これまで僕は、一度も幽霊に会ったことがない。だから何とも言えないな」

「確かに」

会ったことがないのはサラも同じだ。

「でも、僕は幽霊がいてくれてもいいと思っている」

「えっ、そうなんですか？　怖くないんですか？」

大仰に顔を顰めるサラ。その顔が面白かったのか、アイリは口に含んだミルクを噴き出しそうになっていた。

込み上げる笑いが収まると、目に滲んだ涙を拭いながら、アイリは呟く。

「たとえ幽霊であっても、もう一度あの人に会いたい。誰だって、そう思う人の一人や二人いるんじゃないかな」

「……アイリさまもですか？」

「さて、どうだろう」

はぐらかすアイリ。躊躇いながらも、サラは続ける。

「もし本当に幽霊がいるとして、アイリさまならどなたに会いたいですか？」

サラの何げない質問に、アイリは首を捻る。少し考えてから、口を開く。

「父上、かな」

アイリの父親が事故死したことを思い出し、サラは慌てた。だが、アイリは気にするなと手を振る。

「もしお会い出来たら、何をなさりたいんですか？」

「どうだろう？　ただ一言、謝りたいのかもしれない」

「アイリさまがですか？」

「そうだ。あまりいい娘では、なかったからね」

そう言って浮かべた自虐的な笑みは、どこか寂しげだった。

「そうでしょうか？　自慢の娘だったと思いますよ、アイリさまなら」

「そうだといいけどね」

アイリは小さく笑って、頬を掻いた。


夕食を済ますと、アイリはテーブルと椅子を窓際へ移動させ、腰を落ち着けた。夜の闇が外を覆い始め、部屋の中にも入り込んでくる。サラは蠟燭に火を灯し、テーブルの上に置く。そのままアイリの向かいの椅子を引いた。

アイリはジッと、窓の外を見つめている。おそらく一晩中、こうしているつもりなのだろう。

そんなアイリの横顔を、サラは蠟燭の明かり越しに見ている。本当に美しい。幻想的で、まるで夢の中にいるようだった。

「サラ、起きろ!」

鋭い叫びに、はっ、と顔を上げる。すぐ目の前にアイリの厳しい顔。自分でも気づかないうちに、うとうとしていた。まさか知らぬ間に夢の中とは、情けない。慌てて口元を拭う。

「ど、どうかなさいましたか?」

「見ろ」

言われて、窓の外に目を向ける。途端に、眠気が吹き飛んだ。椅子が倒れるのも構わず、窓に顔を張り付ける。目一杯広げた視界の先に、暗闇を彷徨う青白い光が見えた。場所は庭に間違いない。

「で、出た!?」

「行くぞ!」

サラが悲鳴を上げるより早く、アイリが部屋を飛び出して行く。考えている暇はない。急いで後を追おうと部屋を出たが、一度部屋に戻ってコートと予備のランプを引っ掴む。あらためて部屋を出た時には、廊下にアイリの姿はない。

廊下の先から声が聞こえてくる。

「男爵さま! 血相変えて、一体どうなさったんです?」

怒鳴る様な大きな声。不動産屋だ。

「庭に怪しい光が見えた！　幽霊に違いない！」アイリが怒鳴り返す。

「まさか本当に出るとは。お望み通りになったというのに、尻尾を巻いてお逃げになるんですか？」

「馬鹿言うな！　これから捕まえに庭へ行く！　馬車の用意をしろ！」

「はっ⁉」

不快なせせら笑いが止(や)み、サラの口角は自然と上がる。

すでにアイリは廊下を抜け、階段を飛ぶように駆け下りていた。サラは真っすぐ玄関に向かう。玄関から外へ飛び出すと、早くもアイリが停(と)めてあった馬車に取り付いていた。

「アイリさま、待って下さい！　御者さんは屋敷(やしき)の中です。いま起こしてきますから」

「待っている時間が惜しい！」

サラの制止も聞かず、アイリは馬車の御者台に飛び乗った。左手で手綱を絞り、右手に鞭(むち)を握る。

「ア、アイリさまが運転するんですか？」

「そうだ。心配するな。僕の腕前は、知っているだろ？」

「……知っているから、不安なんです」

蘇(よみがえ)る出会った時の悪夢。

アイリが鞭を一閃。馬の嘶きと共に、馬車が動き出す。車寄せに佇むサラの前を、馬車がすり抜けていく。その瞬間、白く華奢な手が差し出された。

「サラ、乗れ！」

「はい！」

弾かれるように、その手を掴んだ。思いがけず強い力で引き上げられ、そのまましがみ付くようにして乗り込む。御者席の隣。あの時と同じだ。

馬車はぐんぐんスピードを上げていく。

しばらく息を整えていたサラだが、自分が手にしている物を見て、慌てて立ち上がる。御者台に仁王立ちのアイリに、被せるようにしてコートを着せた。振り返ったアイリに、サラは会心の笑みを見せる。

「夏とはいえ夜は冷えるから、出がけにアイリさまのコートを持って来ました。風除けのない御者台なら尚のことです。着て下さい」

「自分の分は忘れているのに、か？」

アイリに、にやりと笑われる。痛いところをつかれ、言葉を失う。

「あ、あたしは大丈夫です。アイリさまと違って、頑丈ですから」

そう言って、胸を叩く。そんなサラの空元気に、「風邪引くなよ」とアイリは微笑む。

「さあ、飛ばすぞ！」

馬車は夜の闇の中を、飛ぶように疾走する。その分揺れもひどく、サラは転げ落ちないよう、しがみ付いていなければならなかった。それでも目だけは、庭を漂う怪しい光をしっかりとらえていた。

やがて差し掛かった橋を、馬車は一息に渡っていく。

もう少しで橋を渡り切るといったところで、突如として庭の光が消えた。

「あ、アイリさま⁉」

「見えていた。もう着く。絶対、逃がすものか！」

はっ、とアイリが気合いをつける。

庭の光が消えてから五分もしないうちに、馬車は庭に滑り込む。アイリは巧みに馬を操り、馬車のスピードを落としていく。止まり切るのを待つのももどかしいとばかりに、アイリは御者台から飛び降りる。サラもそれに続く。

辺りは深い闇と、ぶ厚い静寂に包まれていた。サラは持ってきたランプに火を入れる。

聞こえてくるのは、馬の荒い息遣いと微かな風の声、それから川の流れだけ。

アイリが手にしたランプを高く掲げ、周囲の様子をうかがう。サラも息を殺し、辺りを見回す。

川の向こうに屋敷の影と、そこに灯る明かりがわずかに見えた。こちらからだと見上げる恰好（かっこう）になる。

「な、何もいませ――」

沈黙に耐えかねたサラが口を開いた時、白くぼんやりとした影のようなものが、物陰から飛び出して来た。二人の前を横切り、そのまま庭の奥へと進んでいく。

「で、出た!?」

「追うぞ」

身を躍らせ、アイリは白い影を追う。サラも無我夢中でそのあとを追った。白い影はふわふわと漂い、月の光の下でも不思議と輝いて見える。

「な、なんですか、あれ?」

「知らん！　捕まえて、本人に訊いてみろ」

幽霊って捕獲できるのか？　そんな根本的な疑問を胸に抱えながら、それでもサラは走る。

やがて前を行く白い影が、高い塀に囲われた散歩道へ入っていく。角を曲がったため、一時的にその姿が視界から消えた。しめた！　とサラは胸の内で叫ぶ。

「アイリさま、あの先は行き止まりです」

「でかした！」

さらに加速したアイリが、角を曲がっていく。勝利を確信し、サラも角を曲がる。長い散歩道を突っ切った先、確かに行く手を遮る塀を見た。そしてその前で、茫然と佇むアイり。

「アイリさま、幽霊は？」

振り向いたアイリの顔が、心なしか青ざめて見えた。きつく結ばれたその唇から、ようやく悔しさが滲む声が漏れる。

「消えた」

「えっ？」

「僕が角を曲がった時には、白い影は消えていたんだ」

夜風が二人の間を吹き抜け、散歩道の塀を覆う蔦を揺らしていた。

行きの勢いが嘘のように、とぼとぼと馬車は屋敷に向かう。

怪しい光が忽然と現れ、忽然と消える。そして二人の前に現れ、行き止まりの通路に消えた白い影。まごうことなき怪現象。本物の幽霊に出くわしたかと思うと、サラは身が震えるほど怖かった。だが、いまはそんなこと口が裂けても言えない。言える雰囲気ではない。

納得がいかないアイリは終始不機嫌で、声を掛けられる状況ではなかった。確かに幽霊は怖い、だがアイリはもっと怖い。

触らぬ神にたたりなし。サラはひたすら沈黙を貫いた。

「どうでしたか、男爵さま。幽霊は捕まえられましたかな？」

もう真夜中だというのに、屋敷では不動産屋が待っていた。ニヤニヤと、やけに楽しそうな顔で。

（いらないことを言わないで！）

サラは心の中で叫ぶ。案の定、アイリはギロリと不動産屋を睨む。容姿と体格に見合わぬその迫力に、不動産屋の顔が引き攣る。

「明日だ」

「「え!?」」

アイリが殺気と共に、ぼそりと零した呟きに、図らずもサラと不動産屋の声が重なる。

「明日だ！　明日こそ、必ず捕まえてやる！　不動産屋、それまで部屋は借りておく」

それだけ言い置くと、足音も高く、階段を上がっていくアイリ。

「ちょ、ちょっと、男爵さま！　いい加減にして下さい。こちらは宿屋じゃないんですから」

「明日また幽霊が出て、それでも僕が取り逃がすようなら諦めよう。ここを出て、二度と近づかない！　それで文句あるまい!!」

振り向きざまに怒鳴るアイリ。そのまま二階へと消えていった。

「本当ですね？　約束いたしましたよ、男爵さま！」

まいったなあ、と頭を掻く不動産屋に頭を下げ、サラもすぐに二階へと上がる。

部屋に戻ると、アイリは椅子にどかりと腰を下し、腕組みしたままなにやら考え込んでいた。その表情は厳しく、ピクリとも動かない。

「あの～、アイリさま？」

恐る恐る話しかける。当然のごとく返事はない。何気に傷つくが、構わず続ける。

「あたし、少し気付いたことがあるんです。先程、不動産屋さんに頭を下げた時、あの人の足元が見えました。そしたら、靴に土がついていたんです」

話すうちに興奮が湧き上がってきて、口調にも熱を帯びてくる。その様子が伝わったのか、ようやくアイリもこちらに目を向けた。

「それがどうしたというんだ？　外へ出れば靴に土くらい付着する。なにもおかしくはない」

「いいえ、違います。あれは、ただの土ではありません」

「どういうことだ？」

アイリが片方の眉を吊り上げる。その顔を真っすぐに見つめ、サラは次の言葉を紡ぐ。

「あれは、間違いなく庭の土です」

「それはつまり、あの不動産屋の男が、僕たちより早く屋敷と庭を往復したということか？」

「はい」

サラの言葉の意味を、アイリは正確に読み取ってくれた。

屋敷のある丘の上と、川を挟んだ庭の土は明らかに違う。栄養を多く含んでいるためか、庭の土は黒っぽく、粘り気がある。

川向こうの庭に行かなければ、あの土が靴につくことはない。

「本気で言っているのか？　僕らはかなりのスピードで庭に向かった。途中、誰にも追い越されなかったし、すれ違いもしなかった」

「はい。ですが、不動産屋さんの靴には、庭の土がついていました。それも完全に乾き切る前の土です。さきほどまで庭にいたとしか思えません」

導き出される答えは一つしかない。サラはアイリを真っすぐに見つめて、その答えを口にする。

「あの不動産屋さんが、幽霊なんです」

＊　＊　＊　＊　＊

「あれは絶対、本物です！　本物の幽霊に違いありません！」

「分かっている！　だからこそ捕まえるんだ！　見ていろ、今夜こそ必ず捕まえてやる！」

「ええ〜っ、もうあきらめましょうよ〜」

昨日、突然押し掛けてきた女男爵とその使用人が、二階で何やら喚いている。昨晩の幽霊騒ぎから、ずっとあの調子だ。喧しい二人の会話を、ワースは階段の下で聞いていた。時折込み上げてくる笑いを噛み殺しながら。

（すっかり幽霊の存在を信じ込んでいやがる）

ここまではワースの思い通り。だがまさか、幽霊を捕まえると言い出すとは予想もしていなかった。

（ったく、じゃじゃ馬にも程があるぜ）

おかげで思うように庭へ行けなくなってしまった。なんど臍をかんだことか。だが、それも今夜で終わりだ。ワースの口元は、自然と綻ぶ。

「男爵さま！　それでは、私は先に休ませて頂きます。幽霊が出たら起こして下さい」

返事は、特にない。気にせず、地下の塒へ戻る。先程奴らが夕食を取っている間に、一っ走り庭まで行ってきた。準備は万全だ。ワースは汗を拭う。それにしても暑い。

ベッドに寝転がり、あくびをしながら、その時を待つ。あの美しく、生意気な顔が悔しげに歪む様を思い浮かべるだけで、興奮が抑えられない。つい五分おきに、時計を確かめてしまう。

（そろそろ、かな？）

そう思って耳をすませば、間を置かず、上の階が騒がしくなる。にやける顔をなで、ワースは一階の玄関ホールへ向かった。

「出た！　幽霊が出たぞ！　サラ、馬車だ！　馬車の用意をしろ！」

「待って下さい、アイリさま！　いま、御者さんを起こしてきますから」

「そんなの待っていられるか！」

ホールへ上がると、そこはまるで戦場のような騒がしさ。少年のような貴族と、大柄でどん臭そうな侍女が、ワースの前を走っていく。ワースに気付いたのか、女貴族の方が足を止めた。

「おお、不動産屋！　今夜も幽霊が出たぞ！　いまから引っ掴まえてくる。楽しみに待っていろ」

「それはようございました。ですが男爵さま、お約束はお忘れではないでしょうね？」

「もちろんだ。今日捕まえられなかったら、きっぱり諦め、もうここには二度と来ない」

「本当ですね？」

「くどい！　貴族の言葉に二言はない。安心しろ。では、行ってくる」

「はいはい、お気をつけて」

颯爽とホールを出ていく女貴族の背に、ワースは手を振る。舌を出しながら。

「ば～か！　捕まるわけないだろ」

静かになるのを見計らって、外へ出る。明かりを灯し、暗闇を駆けていく馬車が見えた。

それを確認すると、ワースは屋敷の中へと踵を返す。

「さて、こちらも庭へ急ぎますかね」

庭へ行くには、川を渡るため橋を渡らなくてはならない。橋はここより上流に上った所にしかなく、どんなに急いでも馬車で二十分は掛かる。

「馬鹿正直に橋を渡っていれば、な」

地下に降りたワースは、かつて何に使われていたか分からない小部屋に入る。詰まれていた荷を退かすと、隠されていた扉が顔を見せた。扉を開けると、下へと続く階段から湿った風が吹き上がってくる。ワースは口元を歪め、笑った。

十分後、ワースは川向こうの庭にいた。地下道の入口から、慎重に周囲をうかがい、誰もいないことを確認してから外へ出る。地下道の入口を閉め、数時間前に用意した仕掛けに近づく。順調に稼働していることに満足し、ワースは橋の辺りに目を凝らす。

「ありゃ、まだあんな所か。意気込んでいた割に、今夜は遅いじゃねえか。さては諦めたな、あのガキ」

貴族たちが乗る馬車の明かりは、ようやく橋に差し掛かったところ。庭につくまで、まだ二十分は掛かるはずだ。拍子抜けしながらも、ワースは安堵する。これなら余裕をもって片付けられる、と思ったその時。

「へえ～、こんな仕掛けになっていたんですね。釣り竿で火の玉が吊るされていますよ、アイリさま」

「まあ、この程度だろうとは思った。おそらく蠟燭などで作った簡単な時限装置がついていたはずだ。着火すると固定されていた紐が焼き切れ、あとは風に揺れて動いているように見えたわけだ。発光のため、火の玉にはリンを混ぜているのではないかな」

突然、背後から話し声。飛び上がるほど驚き、後ろを振り向く。立てかけた釣り竿の根元に人影。誰だ、と叫ぶより先に強い光が当てられ、目が眩んだ。

「どうした不動産屋？　まるで幽霊にでも出くわしたような顔だな」

腕を組み、踏ん反り返った少年貴族。その表情は、嗜虐に満ちている。そしてその横にはランプを掲げる侍女の姿も。

驚きと動揺で、言葉が出てこない。震える手から白い布が滑り落ちる。

「その布が白い影の仕掛けだな。その布を頭からかぶったキミが、僕らの前に飛び出したというわけか。布にもリンか何かが塗ってあって、それが光って見えたんだろうな」

脂汗が滲む額を拭い、ようやく声を絞り出す。

「お、お前ら、どうしてここに!?」

「どうしても、こうしてもない。お前が案内してくれたんだろ？　なあ、サラ」

「はい。鍵は洞窟(グロット)と隠し庭(ジャルディーノ・セグレト)だったんです」

＊　＊　＊　＊　＊

「鍵は洞窟と隠し庭だったんです」

サラがそう言うと、あからさまに不動産屋は動揺を見せる。魚のように口をパクパクさせるが、言葉が出てこないようだ。その視線は橋をのんびりと渡ってくる馬車の明かりと、目の前に佇(たたず)むサラたちの間を彷徨(さまよ)っている。

不動産屋の疑問には、アイリが答える。

「ああ、あれか？　あれは御者が乗った馬車だ。夜分に悪いが、馬車で屋敷から庭まで行くよう頼んでおいた」

「だが、お前ら御者は置いて行くって……、騙(だま)したな！」

不動産屋の、いや恐らく不動産屋を装っていた男の口調は一変し、憎々しげに叫ぶ。化けの皮が剝がれかけている。

「騙したわけじゃない。お前が勝手に勘違いしただけさ。あとはこっそり、お前の跡をつけてきたというわけだ」

　悔しがる不動産屋に、アイリは会心の笑みで答える。

「それにしても驚いた。まさか地下道があるとは。サラに言われても、この目で見るまでは信じられなかったよ」

「はい、あたしも驚きました。いまから百年ほど前、とある詩人が造らせた庭園のことを知らなければ、地下道なんて考えもしなかったと思います」

「詩人？　庭園？」

　不動産屋が訝しげに繰り返す。どうやら彼には、心当たりがないようだ。

「そうです。その詩人が造らせた庭園と本宅の間には、大きな街道が通っていました。馬車や人が行き交う街道を避け、両側を自由に行き来すべく彼が考えたものこそ、地下通路だったのです」

　洞窟に見立て造られた地下通路を、詩人はグロットと呼んでいた。

　この話を聞いたことがあったから、もしやと思ったのだ。それでも実際に地下通路を目にした時には、驚かずにはいられなかった。

　馬車で三十分以上かかる道も、屋敷と庭を真っすぐに繋いだ地下通路なら、徒歩でも半分以下の時間ですむ。アイリたちを見送った後に、屋敷を出ても、充分先回りが可能だ。

「これが一つ目の鍵。そしてもう一つの鍵が隠し庭です。この様式の庭園にはよく見られるのですが、文字通り隠された、主しか知らない秘密の庭を造ることがあります。その秘密の庭への入口は、蔦やバラの蔓で隠される」

「昨夜、白い影が消えた散歩道。あの塀のどこかに、隠し庭への入口があるはずだ。違うかい？」

角を曲がり、アイリたちの死角に入ったことを確認し、隠し庭へ逃げ込む。これが幽霊消失の仕掛け。

「……」

不動産屋は答えない。

「最初にこの庭を訪れた時、あたしはあの辺りでイチジクコバチを見かけました。イチジクコバチとイチジクは絶対送粉共生の関係にあります」

「絶対そう……、何だって？」

聞きなれない言葉が、男の閉ざされた口を開かせる。

「絶対送粉共生です。特定の相手とだけ関係を結んでいる動植物種。簡単に言えば、イチジクが生きていくにはイチジクコバチが必要で、イチジクコバチが生きていくにはイチジクが必要ということです。だから、イチジクコバチがいるということは、必ず近くにイチジクの木がある。あの辺りにイチジクの木が植わった隠し庭があるはずです」

「キミはあの屋敷に住み、庭を管理していたんだろ？　言うなれば、キミは隠し庭の庭師だ」

予想外なアイリの言葉に、サラは思わず顔を向ける。

「気づかなかったか？　あの屋敷は長年使われていないはずなのに、地下にあるキッチンの竈（かまど）には使用の痕跡があった。それもごく最近。それに荒れ放題の一、二階に比べ、地下の一部は片付けられていた。誰かが生活していた証拠だ」

「ち、ちくしょう！」

吠（ほ）えるように叫ぶと、不動産屋はがっくりと肩を落とす。全てを認めた証拠。

「隠し庭に案内してもらおう。僕はそこに用がある」

アイリが最後通牒（つうちょう）を突き付ける。だが、男が顔を上げた時、その手に光るものが握られていた。乏しい光の中でも分かる、磨き込まれた鋭いナイフ。

「幽霊に腰抜かして、逃げ帰ればよかったものを。秘密を知られたからには、生きて帰すわけにはいかねえ。余計なことに首突っ込んだ、あんたらが悪いんだ」

「ええっ、なんでそうなるんですか？」

「いや、なるだろう普通。第一、幽霊の噂（うわさ）を流したのだって、ここに人を近づけないようにするため。知られたら困ることをやっているに決まっている」

仰天するだけのサラとは違い、アイリは動揺する様子さえない。

「サラ、下がっていろ」

愛用のステッキを片手に、アイリが前に出る。先端がフック状のステッキを構え、不動産屋と相対した。

場に緊張が走る。アイリと不動産屋は、静かに睨み合う。互いに間合いをはかりながらも、ジリジリとその距離を詰めていく。ひりつくような静寂の中、先に動いたのはアイリ。左足を踏み出すや、大胆にも左手でナイフを握る相手の右手を捕えに行く。反射的に男は右手を引いた。だが、これはフェイント。相手の目と注意が左手に向けられた瞬間、アイリは前へと飛び込む。伸ばした右手に握られたステッキ、フック状の柄を相手の首にかける。そこへ全体重をかけた。バランスを崩し、前のめりになる不動産屋。素早く杖を捨てると、アイリは相手の両肩をがっしりと掴む。自分の方に引っ張るようにして、がら空きの顔面に膝を叩き込んだ。

グシャッという嫌な音と、男の悲鳴が重なる。気付けば、不動産屋は両手で顔を押さえ、その場に蹲っていた。両手からは鮮血が零れる。

勝負は一瞬。まさに流れるような動きだった。

「お、お見事です」

「なに、大したことない。紳士として、当然の嗜みさ」

余裕の言葉とは裏腹に、アイリの顔は上気し、息も荒い。それでも落ちたステッキを、優雅な仕草で拾い上げる。

その間にサラは蹲る男に駆け寄る。流石にそのままにしておくのは気が引けた。

「あの、大丈夫ですか？」

「ば、馬鹿！　不用意に近づくな！」

「へっ？」

アイリの警告も後の祭り。がばっ、と起き上がった男に背後に回られ、ナイフを首元に突き付けられた。当然のことで、ナイフを持つ相手の手を握るのが精一杯。

「ははは、形勢逆転だな！」

「くっ」

鼻血にまみれた顔を綻ばす不動産屋と、苦悶の表情を浮かべるアイリ。

サラは自分の間抜けさを呪いながら、突き付けられたナイフがこれ以上近づかないよう、摑んだ手に力を籠めることしか出来ない。

「ざまあみろ、女貴族！　この女の命が惜しかったら、その場に跪いて……お、おい、その手を離せ！　離せって、痛っ！　いたたたたっ!!」

「サラ？」

唐突に苦痛を訴えだした男に、目を見張るアイリ。サラの喉元に突き付けられていたナイフが、いつの間にか遠く引き離され、ついには手から滑り落ちた。

「分かった、分かった！　案内する！　案内するから、手を離してくれ!!」

腕を捩じ上げられた男は、泣きださんばかりの勢いで懇願する。その様子をアイリは唖然と見ていた。

「本当ですね？　本当に隠し庭に案内してくれますね？」

念を押してから、サラはようやく男の腕から手を離す。その腕にはくっきりと、手の形をした痣が浮かび上がっていた。

「サラ、大丈夫か？」

「アイリさま、怖かったです！」

抱きつこうとするサラを、アイリは身を翻して避ける。

「キミは、随分と力が強いんだな」

「そうですか？　あっ、でも庭仕事は力も必要ですから、自然と力が付いたのかもしれません」

むん、と両腕に力こぶを作って見せる。

「なるほど。今後、サラに対する認識をあらためておく。下手にからかうと怪我しそうだ、僕が」

やれやれと、アイリはなぜかため息を吐いた。

「ドロシー種苗店？　僕は聞いたことがない」

「へぇ、出来たばかりで小さな店ですから」

隠し庭まで案内させる間に、男の素性を問い質す。実は種苗店の店員で、名はワースだと白状した。手を後ろで縛られた男は、萎びたように大人しくなり、何でも素直に答えてくれる。

「それじゃあ、お前は店主の命令で、ここの隠し庭を使って海外から輸入した植物を育てていたんだな」

「へえ、そうです。詳しいことは知りませんが、言われるままに植物の面倒を見ていました。もちろん土地も建物も無断使用です」

「でも、どうしてこんな廃墟で植物なんて栽培するんでしょう？」

サラが会話に割って入る。

「土地代を浮かせたかったのもあるだろうが、おそらく栽培している植物が違法に持ち込まれたものなんだ。いまの女王になってから、海外植物の輸入が厳しく規制されているからね」

帝国の領土拡大に伴い、花に飢えたエルウィン人は、海外の植物を本土へ大量に輸入。その結果、エルウィン島の花壇は見違えるほど華やかになった。だが同時に、在来植物が駆逐される憂き目に。

それを嘆き、深刻な事態と捉えた女王は、海外植物の輸入に規制を掛けた。

ただ、法が厳しくなれば、裏で違法行為が横行するのが必定。禁酒令が発令されれば密造酒が出回り、輸入が規制されれば密輸が増える。

「さあ、ここです」

不動産屋改め、種苗店店員は幽霊が消えた辺りで、蔦と蔓に埋もれた壁の一角を指差す。そして蔦と蔓を脇に避けると、果たして古びた扉らしきものが出て来た。

どうぞ、と中に通されると、そこは壁で囲われた隠し庭。入ってすぐ、目の前にイチジクの木が見えた。そして庭には何種類もの草花が植わっている。本の中でしか見たことのないものもあれば、まったく知らないものもあった。

その一角、一際目を引く花がある。花径は三インチ（約七・六センチ）ほどの中輪。月明かりに輝く真っ白な花弁が、渦を巻くように連なった不思議な形の花。

今まで見たこともないその花の美しさに、サラは戦慄さえ覚えた。

「な、なんて美しいのでしょう？　それにこの花や葉の形。こんな不思議な花、このエルウィンで見たことも、聞いたこともありません」

サラは興奮に震える手を、花へと伸ばす。

「その花に触るな！」

鋭い叫びに、サラはぴたりと動きを止める。驚いて声の主を見れば、アイリが真っ青な顔で立ち尽くしていた。

「あ、アイリさま？」

尋常ではないその様子に、サラの声は震える。こんなアイリをいままで見たことがなく、サラは激しく戸惑う。

アイリはサラを無視して、ワースに近づくなり、その襟を摑んだ。そのまま壁に押し付ける。

「おい、あの白い花をどこで手に入れた！　どこだ！　言え！」

「し、知らねえ、本当だ！　ここにある植物はすべて、ある方からの預かり物。あの白い花だってそうだ！」

「誰だ！　あの花を預けたのは、一体誰なんだ！」

哀れな種苗店店員は、首を絞められ泡を吹く。とても答えるどころではない。慌ててサラが、アイリを羽交い締めにして引き剝がす。ようやく息が入ったのか、ワースは涙目でむせ返る。

それでもアイリは、ワースに詰め寄ろうとする。

「言う、言うから！　リンドリー種苗店から預かったんだ！　依頼主はリンドリー博士だ！」

ワースは喚くように答えると、地べたを這いずりながら必死でアイリから距離を取る。

「……リンドリー博士」

そのワードが衝撃だったのか、アイリの動きがぴたりと止まる。サラもその名前をどこかで聞いた気がするが、いまはそれどころではない。一転、放心状態の主の手を取る。

「アイリさま、アイリさま、大丈夫ですか！」

サラは何度も呼びかける。だがその声が、アイリに届くことはなかった。


翌朝、アイリとサラは馬車で廃墟を後にする。

夜が明けると、すぐに地元警察に駆け込んだ。密輸植物の違法栽培を知らせ、犯人としてワースを引き渡した。これで事件は一件落着、のはずなのだが……。

「……」

一晩明けても、アイリの調子が戻らない。いまもぼんやりと、流れる景色を眺めている。いや、ぼんやりしているというよりは、深く物思いに沈んでいるように見えた。

いつもの自信に満ち溢れたアイリからは程遠く。

（まるで輝きを失った太陽です）

一体何がそうさせるのか、サラは気を揉むばかりで、掛ける言葉も見つからない。それがまた、サラを落ち込ませる。

太陽の光がなければ、植物は育たない。アイリに元気がないから、サラも調子がでない。悪循環だ。重苦しい空気を乗せ、馬車はリットンへと走る。

ようやくアイリが口を開いたのは、ガーネット邸が近づいた時。

「サラ」

「はい、アイリさま」

待っていましたとばかり、必要以上に大きな声で返事をする。

「キミに、言っておかなければならないことがある」

「何でしょうか」

主の指示を待つ犬のように、サラはアイリを見つめた。そんなサラの視線を避けるように、アイリは顔を背ける。そして、

「サラ、キミは解雇だ。悪いが、今日で辞めてくれ」

「……はいっ？」

第五章　魔女の庭と青い花の秘密

子供の頃、裏庭の花壇に青い花が咲いているのを見つけた。

それは不思議な花だった。螺旋（らせん）を描くように並んだ花弁も、一枚一枚が歪（いびつ）な形をした葉も、他の花とは違っていた。なにより異彩を放っていたのは、その花の色。エルウィンで滅多に見られない、高く澄んだ空の色。見ているだけで吸い込まれそうになる青。

魅入られるように、その花に手を伸ばした。

「その花に触れるな！」

突然降りかかってきた怒りの声。驚いて、手を引っ込める。生まれてこの方、誰かに叱責されたことなどなかった。そして、それが父親であったことが、より大きな衝撃をもたらした。父は殊の外、私に甘かったから。

思えば園芸に興味が持てなくなったのも、あの時のショックが尾を引いたからかもしれない。

初めての衝撃に、怯（おび）え、戸惑い、また憤慨もしていた私に、父は困り顔で話しかける。

「怒鳴ったりして、ごめんよ。これは僕にとって、とても大切な花なんだ」

その花の方が、私よりも大切なのかと怒ると、父親は笑った。

「僕にとってこの花が大切な理由は、これがアイリの花だからだよ。この花はねえ、アイリの母様が植えたんだ。アイリの花だから、と言ってね」

「母上が？」

記憶の中、微かに残る母の笑顔が思い浮かぶ。

「そうだよ。これはアイリだけの花。だから、この花のことは誰にも話してはいけない。誰にも見せてはいけない。誰かに知られると、悪い奴らが奪いに来るからね。分かったかい？」

なぜこの花が、私の花なのか？　どうして誰にも知られてはいけないのか？　悪い奴とは誰のことなのか？　父の言ったことは、一つとして分からなかった。

それでも私は、小さく頷く。父は優しい目で微笑んだ。疑問は消えなかったが、私は晴れやかだった。

アイリが男爵位を継承して程なく、『青い花』は何者かにより裏庭から盗み出された。

＊　＊　＊　＊　＊

初夏の訪れと共に始まった社交期『シーズン』の最後を締めくくるのは、王家主催のフラワーショー。

七月最後の三日間、リットンの中心にある中央公園がその舞台となる。公園には大テントが張られ、大掛かりな展示会場が出現。テントの中には品評会で入賞を競う園芸植物たちがずらりと並び、甘い香りや鮮やかな色を振りまく。一般市民にも広く開かれており、貴族も市民も階級を超え、多くの人々が公園に押し掛ける。見慣れた公園が、リットン最大の行楽の場と化していた。

入口付近に陣取った楽隊の演奏が、フラワーショーの開幕を告げる。待ちかねた人々が、どっと公園内へ。まるで雪崩だ。

アイリはいま、そのフラワーショーの会場にいた。園芸に興味のないアイリだが、王家主催とあっては参加せざるを得ない。

「アイリーン、見てごらん。さすがに品評会に出すだけあって、どの花も素晴らしい。アイリーンはどう思うかね？」

隣に並んでいたウィリアムが、無邪気に陳列棚を眺めている。対照的にアイリの表情は冴えない。眉間には深い皺が刻まれている。二人の隣を着飾ったご婦人たちが、何度も振り向きながら通り過ぎてゆく。正装に身を固めた見目麗しい二人の紳士は、展示物以上にご婦人たちの目を引いていた。

「どうしたんだい、今日は随分と不機嫌だね」

「なんでもない」

ウィリアムが顔を覗き込んでくるので、そっぽを向く。ますます眉間の皺は深くなる。

「ふ～ん。ところでアイリーン、一つ聞いてもいいかな？」

「なんだ」

ウィリアムが鬱陶しいのはいつものことだが、なぜか今日はいつも以上に煩わしい。つい声も尖る。当然、ウィリアムは気にする素振りも見せない。

「あの子はどうしたんだい？」

「あの子？　誰のことだ？」

「サラくんだよ。サラ・サザーランド嬢、アイリーンのお気に入りの」

「……」

半ば予想していた質問だったが、一瞬、言葉に窮す。そんなアイリの顔を、ウィリアムは物珍しげに見つめる。

「アイリがそんな顔をするとは珍しい」

「何がだ。サラならクビにした」

何気なさを装い答えるが、ウィリアムは心底驚いた顔をする。

「どうして？」

「どうしても、こうしてもあるか！　使えないから解雇したまでだ！　それ以外に理由なんてあるか！」

そんなつもりはないのに、声を荒らげてしまった。目を丸くしているウィリアムを見て、急に恥ずかしさが込み上げてくる。

すまない、と言ってそっぽを向く。

「それで、サラくんはいまどこに？」

「別の働き先を紹介してやろうとしたが……、断られた。大方、田舎にでも帰ったんだろ。そんなに気になるなら自分で調べればいい」

どうしても口調がきつくなる。そんなつもりはなくても、苛立ってしまう。

大体、この会話は二度目だ。マーサにサラの解雇を告げた時も、同じ反応をされ、同じ会話をした。

（どうして、どいつもこいつも同じことを。いままでは何も言わなかったくせに、なぜサラの時だけ）

八つ当たりと分かっていながらも、不満はふつふつと湧いてくる。

アイリが使用人を解雇するのは珍しくない。だから、ガーネット家に使用人が居着かないのは有名だった。もっともこれまでは、使用人の方から辞めていったのだが。

これ以上は何も答えてやらないぞ、と身構えていたが、ウィリアムは何も訊いてこなかった。それはそれで、もう少し探りを入れて来いよ、と思わないでもない。とにかくすっきりしない気分だ。

アイリの気持ちを見透かしたかのように、ウィリアムが小さく笑っている。それがまた腹立たしい。

「なんだ、その顔は？　何か言いたいことがあるなら、はっきり言え！」

「いや、別に。ただ、あまり危険なことはしないでおくれ」

「どういう意味だ？」

「アイリーンが自ら人を遠ざけるのは、そいつのことが本当に嫌いな場合、もしくは自分の無茶に巻き込まれないようにするため。そのどちらかだ。昔からね」

「……」

決りが悪くなって、顔を背ける。

「さあ、とにかく今日はフラワーショーを楽しもうじゃないか、アイリーン」

さりげなく肩を抱くように伸びてきた腕を、アイリがすり抜けた時、歓声が上がった。

気付けばフラワーショーもクライマックス。中央に設けられた舞台に、全観客の視線が注がれている。

「さあ、我が国が誇る麗しき花のご登場だ」

ウィリアムの言葉に応えるかのように、一人の女性が舞台に上がる。目の覚めるような真っ赤なドレス、肩に掛けたローブには王家を示すアイリスの刺繍、至るところにちりばめられた宝石が眩しく輝く。だが、そのすべてを霞ませる圧倒的な美貌と存在感。静寂と熱気の中、彼女はゆっくりと舞台に用意された玉座に腰を下す。

エルウィン王国を統べる猛き女王の登場に、割れんばかりの歓声が起きた。その姿を目にし、涙する者までいる。

（まったく、大したものだ）

アイリは内心苦笑する。アイリより十歳年上の女王は、強き王国と強き女性の象徴。他人のことは気にしないアイリが、唯一憧れる存在。帽子を取り、遠くに見える女王に一礼する。

「見てごらん、アイリーン。あの女王の胸に飾ってある花。一際見事じゃないか」

最初にそれに気付いたのは、ウィリアム。

惜しみなく賛辞を贈る彼とは対照的に、その花を見た瞬間、アイリの時間が止まる。表情は固まり、息は途絶え、心臓さえその動きを忘れた。全てを止めて、ただ一点だけを見つめる。

王家主催のフラワーショーの品評会では、出品された花の中から分野ごとに優秀賞を選ぶ。その中から最優秀に選出された花には爵位が授与され、女王の胸を飾る栄誉が与えられる。

いま女王の真っ赤なドレスの胸には、青い花びらが螺旋を巻いていた。全てを吸い込んでしまうほど深いのに、どこまでも澄んでいる。エルウィン島に住む全ての人々が羨望する晴れ渡った空の青。

まぎれもなく、それは『青い花』だった。

＊　＊　＊　＊　＊

サラは一年前歩いた道を、いま逆にたどっていた。

あの時とは、何もかもが違う。一年前は希望に満ち溢れ、足取りも軽かった。初めて見る鉄道や蒸気機関車に慄き、リットンの人の多さに驚き、行き交う人の装いに目を丸くする。見るもの全てが、輝いていた。

特にこの数か月は、その光の中心にアイリがいた。

わずか数か月のこととは思えぬ、濃密で得難い記憶。思い出というのだろうか。

いまは失望が圧(お)し掛かり、足は鉛のように重い。すべてのものが光と色を失っていた。まるで死体置き場(モルグ)に喩(たと)えられる、冬の庭を歩いているようだ。

「俺にもわけが分からない。何も話してくれないんだ」

屋敷(やしき)を出る時、マーサが外まで見送ってくれた。そのマーサも、突然のサラの解雇には戸惑いを見せる。

「いいんです。あたしが至らなかったんですから」

「お前はよくやっていたよ。あの姐(ねえ)さんを相手にさあ。姐さんも気に入っていると思ってたんだけど……」

サラ自身もそう思っていた。とんでもない思い上がりだ。思い返しても、アイリには迷惑しかかけていないというのに。自分が情けなくなる。

「これからどうするんだ？　別の働き先への紹介は、断ったって聞いたぜ」

「はい。一度、田舎へ帰ろうかと思ってます」

「そうか。持っていきな」

押し付けるように手渡されたのは、布袋と一通の封書。

「これは？」

「袋の中は金で、封書は履歴書。もし次の雇い先を探すなら、履歴書は必要だ。きっと役に立つ」

「でも」

「姐さんからだ。気兼ねなく貰っていけ」

アイリの名が出ただけで、サラは動揺した。自然とマーサの後ろに目がいく。いまにも館の扉が開き、アイリが飛び出してきそうな気がして。

もちろん、そんなことはなかった。

「じゃあ、体には気をつけろよ」

「ありがとうございました」

マーサに頭を下げ、屋敷を後にする。何度も、何度も、何度も……、振り返りそうになって、その都度湧き上がってくる想いを噛み殺す。いつの間にか、駆け出していた。まるで逃げ出すように。

アイリ以外の人に仕えることなど、到底考えられなかった。夢だった庭師も、ガーネット家のあの小さな裏庭以上にサラを引き付ける庭を思い描けない。

それに、サラにはまだやることがある。

そしていま故郷の庭に、サラは帰って来た。

草木に埋もれるようにして、一軒のコテージハウスが見えてきた。祖母の家だ。

サラは馬車から降り、相乗りさせてくれた農夫に礼を言う。ゆっくりとコテージへと歩き出す。草木が風に揺れるたび、懐かしいにおいがした。

（初めてここへ来たのも、夏が盛りを迎えようとする頃だったっけ）

サラが初めて祖母の家を訪ねたのは五歳の時。当時のサラは体が弱く、都会の劣悪な環境での生活に不安を覚えた両親により、田舎の祖母の元へ預けられることになった。

数年前に仕事を引退したという祖母は、田舎で自由気ままな一人暮らし。それまでサラは、祖母に会ったことはなかった。まだ見ぬ祖母のことを想像するたび、五歳の内気な女の子は震え上がった。

（懐かしい）

心底怯えながら辿り着いたサラを出迎えてくれたのは、夏の美しい庭だった。

ナデシコの香りが風に運ばれてくる。節くれ立ったリンゴの木や、背の低いライラックの花木が遠くからでも見えた。コテージへと続く石畳の歩道。割れ目からはヒカゲユキノシタが顔を出し、刈り揃えられたユッカとラベンダーが脇を飾る。コテージに近づくたび、花の種類が増えていく。タチアオイ、アイリス、ナデシコ、オダマキ、ダリア、ゼラニウム、プリムラ……。銀色のラムズイヤーが縁どる花壇には、雑草の生える余地がないほどぎっしり花が植えられていた。

庭師がきっちり管理する庭とは違い、手入れはほどほど。人の手が行き届いていない分、植物はどれも奔放でのびのびしている。

夏の日の夕暮れ、幼いサラは庭に出て、花に水を撒いていた。その姿を、祖母はポーチからよく眺めていた。在りし日の光景。

ここはばあちゃんの庭。この庭でサラは育った。生活の場であり、遊び場であり、学びの場だった。

初めてここを訪れた日と同じように、ばあちゃんは庭に佇んでいた。

「サラ？」

サラに気付いた祖母が、こちらを振り向く。砂色の瞳を眩しそうに、眇めながら。

「ただいま、ばあちゃん」

＊＊＊＊＊

フラワーショーから一週間が過ぎた。

「いや、まったくもって凄いね。近い将来、リットン中の花壇が、青い花で埋め尽くされることになりそうだ。『青い花』バブルなんて言う奴も出てきているくらいだ」

ウィリアムが皮肉交じりに嘆く。

フラワーショーの翌日から、リットンでは空前の『青い花』ブームが起きていた。

「出展した種苗店には朝から長い行列が出来、小さな店内は客でごった返している。リットン中の貴族や富裕層から、注文が舞い込んでいるって話だ。もちろん、皆お目当てはあの青い色の花さ」

街の様子を調べに行かせたマーサが、心底呆れかえっていた。

毎年、フラワーショーで選出された花には、種や球根の注文が殺到する。出品した種苗店はもちろん、同じ花種を扱う種苗店であれば注文のおこぼれが回って来ていたはずだ。

だが、今年は様相が大きく異なる。

「なにしろ、あの花を扱っているのが出展した種苗店しかないと来ている。どうやらあの花は球根類らしいんだが、球根一個が十ポンドだって。それでも注文は引きも切らない。まだまだ価格は上がるって噂だ。まったく、信じられないぜ」

下級階層出身のマーサは、通りを塒にする子供たち、ストリートチルドレンに顔が利く。始終街を流している彼らは、街の様子や噂話を聞き出すにはうってつけの存在だ。

「貴族の悪い癖だな。希少性の高い物に目がなく、流行の物には飛びつく」

それもこれも、見栄と面子のため。他者が手に入れられない物を所持することで、自身の力を誇示。逆に他人が持っている物は、所持していないと沽券に関わる。それが貴族という生き物だ。

「社交界でもその話で持ち切りだよ、アイリーン。どこの誰がいくらで買ったってね。それに今回は貴族だけでなく、新興の実業家たちも球根を買い漁っているよ。彼らは金のにおいに敏感だ。儲かると分かって一斉に群がって来た。それが価格上昇に一役買っている」

アイリとしては、ただただ呆れかえるばかり。

「お前らにとって園芸とは一体なんだ、と訊いてみたいね。まったくもって、度し難い！」

『青い花』を出品したのはドロシー種苗店。最近出来たばかりの種苗店で、そんな新参者がいきなり最優秀品を出したものだから、業界内に少なからぬ驚きを呼んだ。何しろ園芸関係者ですら、ほとんどが名前すら知らなかった店なのだから。

だが、アイリはその名に心当たりがある。その裏に潜む黒幕にも。

本当なら幽霊屋敷から戻るなり、リンドリー博士の元へ乗り込みたかった。だが、アイリは踏みとどまった。乗り込む代わりに、警察に突き出したワースと、密輸を告発したドロシー種苗店の動きを監視した。

まずは確証を得なければならない。

案の定、ドロシー種苗店の密輸は揉み消され、ワースは何事もなく釈放された。誰が裏で手を回したかは明白だった。

（やはり廃墟庭園で行われていたことは、博士にとってかなり重要らしいな。相手がリンドリー博士となると、こちらもそれなりの準備をしなければ……）

ジョセフ・リンドリー。

園芸に疎いアイリでも、その名は知っていた。エルウィンを代表する植物学者であり、リンドリー種苗店の経営者。

だが華々しい表の顔とともに、博士には常に黒い噂がついて回る。リンドリー種苗店は海外植物の輸入を一手に担う。その権利を最大限に利用し、博士は巨万の富を得た。法外な値段での売買に関する話題は尽きない。それだけに留まらず、規制された植物の密輸密売の噂もある。

いまエルウィンで園芸の分野に携わろうと思えば、博士の機嫌を無視することは出来ない。ついた異名が『園芸界の独裁者』。

フラワーショーと、それに続く『青い花』バブルは、リンドリー博士との対決を決意した直後の出来事。

出鼻をくじかれた。そしてアイリは思い知らされる。もはや一刻の猶予もないことを。

「さあ、見えてきたよ」

ウィリアムの言葉で前を向けば、進行方向に巨大な建物が見えてきた。遠くからでも、その威容は際立っている。

「あれは、本当に種苗店なのか？　まるで要塞じゃないか」

「言い得て妙だね。だが、間違いなくあれがリンドリー種苗店だよ」

いまアイリは、ウィリアムを伴い、リンドリー種苗店に向かっていた。

アイリたちを乗せた馬車を出迎えたのは、鋼鉄とガラスで出来た巨大な建造物。この国最大の大温室（パームハウス）だ。

驚くべきことに、温室には馬車のまま入ることが出来た。温室を突っ切るように真っすぐ延びた道を、馬車が行き交う。美しいアーチを描く天井は恐ろしいくらいに高い。温室内は南国を思わせるほど暖かく、そこに何千、何万という花の花弁が、その色彩を放っていた。文字通り世界中から集められた花たちだ。多くの紳士淑女たちが、それを見て回っている。

「長さ六百ヤード（約五百五十メートル）、最大幅百五十ヤード（約百四十メートル）、天井までの高さは三十六ヤード（約三十三メートル）あるらしい。鋼鉄の骨組みに、総ガラス張り。使用した鉄は四千トン、ガラスに至っては三十万枚を超えているとか。鉄骨に通した温水パイプで室温を調節し、冬でも南国の温度を保てる。栽培されている植物は、世界各地から集められた五十万種以上。リンドリー博士は、水晶庭園（クリスタル・ガーデン）と称している」

その壮大さには、アイリも感嘆を禁じえない。

「噂には聞いていたが、大したものだね、アイリーン。鉄鋼技術の進歩や、ガラス税の引き下げが後押ししたとはいえ、驚くべき技術と財力だ」

すっかり感心しきりのウィリアム。並べ立てる賛辞が、アイリには気にくわない。

「ふん、悪趣味なだけだ」

「アイリーンらしい。それにしても園芸に興味のないアイリーンが博士に会いたいと言い出したのも驚きだが、多忙を極めるはずの博士がそれを承諾したのも驚きだ」

「リッチモンド公爵家の威光だろ？　そのためにお前に声を掛けたんだ」

はぐらかすアイリだが、ウィリアムは目を細める。

「それも多少はあるだろうね。だが、偏屈なことでも有名な博士だ。それだけとも思えない。一体、どんな魔法を使ったのかな？」

「魔法なんて何も。ただ、事前に手紙を送っただけだ。一本の白い花を添えて」

あの廃墟で栽培されていた白い花を一本だけ、アイリは持ち帰っていた。すっかり枯れてしまったそれを手紙に添えて、リンドリー博士に送った。それですべてを理解するはずだと踏んで。

どうやら思惑通りにいったらしい。

果てしなく続くかと思われた水晶庭園を抜けると、その先に古めかしい屋敷が姿を現す。ど派手な水晶庭園を見た後だと、そのシックな佇まいは落ち着きを感じさせる。リンドリー博士が邸宅として使用している屋敷だ。

玄関の前で馬車を降り、執事の出迎えを受ける。意外にも執事はまだ若い女性だった。

執事に案内され、応接室へと通される。

「ここから先はガーネット様だけ、お通しするよう言われています。ペンブルック伯爵さまは、先にお帰り下さい。ガーネット男爵は当家が責任をもって送らせて頂きますので、ご心配なく」

丁寧だが、有無を言わさぬ口調で執事は告げる。眉を顰め、執事に詰め寄ろうとしたウィリアムを、アイリはその腕を掴んで止めた。納得いかない様子のウィリアムに、小さく首を振って見せる。

「くれぐれも無茶はしないでおくれよ、アイリーン」

耳元でそう囁くと、ウィリアムは腕を組んでソファに腰を下した。そんな彼を一人残し、アイリは執事について応接室を出る。

「主は二階の書斎でお待ちです」

「キミの主は、来客をわざわざ自分の部屋まで呼びつけるのだな」

アイリの皮肉にも、執事は動じることなくニコリと微笑んで見せる。

「私は主の言いつけを守るだけですので。ですが、お客様によるのではないでしょうか」

「なるほど」

ふん、とアイリは鼻を鳴らす。どうやら主に似て、執事もなかなかの食わせ者らしい。

やがて執事は重厚な扉の前で足を止めると、軽くノックする。

「ガーネット様をお連れしました」

しゃがれた老人の声。執事は扉を開け、脇に退くと、中に入るよう手で促す。その様子
「中へお通しなさい」

を一瞥してから、アイリは部屋に踏み込む。

中に入ると、奥の大きな窓が目に飛び込んで来る。ステンドグラスだ。そこから差し込む光の下、ゆったりとした書斎机の椅子に、一人の老人が座っていた。

「ようこそガーネット男爵。私がジョセフ・リンドリーです」

リンドリー博士は立ち上がり、アイリを迎え入れる。痩せているが、思いのほか背が高い。銀色に輝く髪は後ろになでつけられ、一際大きな鉤鼻が目を引く。しわがれた声とは裏腹に、背筋は伸び、モノクルの下の目は鋭い。身なりも含め、一分の隙も感じさせない出で立ち。とても老人とは思えない。

博士の後ろには、一人の男が影のように控えている。どうやらアイリの推測は、的を射ていたらしい。

「お久しぶりですね、叔父上」

叔父のランドルフ・シーフィールドだった。ランドルフは何も言わず、忌々しげにこち

らを睨んでいる。

「お掛け下さい、ガーネット男爵」

博士は手前に置かれたソファを勧める。言われるままソファに腰を下し、あらためて部屋の中を見回す。それほど広い部屋ではない、と感じるのは壁を埋め尽くす本のせいだろうか。きちんと整頓され、ゴミ一つ落ちていない室内が、住人の潔癖な性格を表しているようだ。

アイリが座るのを確認すると、リンドリー博士はテーブルを挟んで向かい側の席に腰を下した。博士に合わせ、ランドルフもその後ろに立ち位置を移動する。

執事がお茶を運んできた。博士が口を付けるのを待って、アイリもカップを手に取る。紅茶の味は、マーサの方が上だった。

「それで、本日のご用は何でしょうかな？」

「わざとらしいな。用件は分かっているはずだ。だから、僕と会う気になったんだろ」

博士はニヤリと笑う。これほど人を不安にさせる笑みがあることを、アイリは知らなかった。

「そういえば、お手紙を頂いておりましたな」

懐から取り出した手紙を、テーブルの上に置く。裏向きに置かれた手紙の封蠟は、破られていなかった。博士は手紙に一輪の白い花を添える。枯れてはいるが、色が抜け落ちたかのような花弁の白さが目を引く。花びらは渦を描くように並んでいた。

手紙と共に、アイリが送った物だ。

「その白い花は、郊外にある廃墟の隠し庭（ジャルディーノ・セグレト）で見つけた。そこではドロシー種苗店のワースという男が、密輸植物を育てていたよ。その男が言うには、全てリンドリー博士に頼まれたことだそうだ。さて、何か言うことはあるかい？」

「アイリ、口を慎め！」

後ろに控えていたランドルフが、真っ赤な顔で口を挟む。この程度のことで狼狽（うろた）えるとは、相変わらず気の小さい男だ。

そんな叔父を、博士は小さく手を上げただけで黙らせる。

「それが本当なら、やがて私にも捜査の手が伸びることでしょう。戦々恐々ですな」

言葉とは裏腹に、博士に動じる様子はない。その余裕が神経を逆なでする。

「白々しいな。とっくに揉み消した後だというのに」

「おや、ご存じでしたか。その割には、悔しそうではありませんね」

アイリは腕を組み、鼻を鳴らす。

「この程度のことを揉み消せないようでは、『園芸界の独裁者』の名が泣くというものだ」

「誉（ほ）め言葉として受け取っておきましょう」

慇懃（いんぎん）に頭を下げると、博士は居住まいを正す。

「さて、探り合い(オードブル)はこのくらいにして。そろそろ本題(メイン)に入りましょうか」

そう言うと、博士の目が鋭くなる。化けの皮が剝がれ、その隙間から黒い本性が覗(のぞ)く。

望むところだ。アイリは腹に力を籠める。

「いいだろう。僕が訊(き)きたいのは、この白い花のことだ。この花はガーネット家の裏庭から持ち出された、いや盗み出されたものだ」

「盗み出されたとは、穏やかではない」

わざとらしく眉を顰める博士。それを無視して、アイリは話を続けた。

男爵位を継承して程なく、家からなくなった物が二つある。一つは裏庭の花壇に植わっていた『青い花』。もう一つは父が記していた日記帳。金品目当てのこそ泥が持ち去るには、奇妙なものだ。そしてその二つの品には、何の繋(つな)がりもないように思えた。

「だが、僕は勘違いしていた。うちの庭師に言われて気付いたんだ。父が書いていたのはただの日記ではなく、ガーデニング日誌だったのだと。日誌には『青い花』のことも書かれていたはず。二つの品には繋がりがあった。そして重要なことは、『青い花』とガーデニング日誌、この二つの存在を知っていた人間は限られること。僕と、もう一人……」

アイリは強い視線を、ランドルフに向けた。叔父の整った顔が大きく歪(ゆが)む。その額には、びっしりと脂汗が浮かんでいた。

動揺著しいランドルフに代わり、異を唱えたのはリンドリー博士。

「それだけで結論付けるのは早計。いささか乱暴ではありませんかな。それに、あなたは『青い花』とおっしゃっているではないですか。花の色が違うようですが？」

「花の色に関しては、環境の変化や交配などで変えることも出来るはずだ。なによりあの花や葉の形に、僕は見覚えがある。かなり特徴的な形状で、このエルウィンでは見たことも、聞いたこともないそうだ。つまり我が家にあったものが唯一。そこから持ち出された以外には考えられない」

「見たことも、聞いたこともないとは、誰の意見ですかな？」

植物学の権威である自分を差し置いて、とでも言いたげに、博士は嘲笑する。

「我が家の、庭師が言っていたことだ」

庭師の前に、元、を付けるかで一瞬迷った。

「庭師？　随分と、その庭師のことを信用なさっているようですな」

「もちろんだ。こと庭と園芸に関しては、全幅の信頼を寄せるに値する者だ」

迷わず出て来た言葉に、アイリ自身が驚いた。いささか大袈裟(おおげさ)だろ、と自分で自分に突っ込みたくなり、思わず口元が綻ぶ。

なんの脈絡もなく表情を崩すアイリに、博士はわずかに眉を顰める。だが、すぐに不敵な表情を浮かべた。

「よろしい。その庭師の言葉を信じましょう。それでは、この白い花が男爵家から持ち出されたものだとして、男爵の要求は何でしょうか？」

「父の事件の真相を知りたい。父の事件には、あの『青い花』が関係していたはずだ」

「それはどういうことですかな？」

あくまで惚けるつもりなのか、博士は首を傾げて見せる。そんな博士を、アイリは真っすぐに睨みつけた。

「博士、あなたは僕の父を殺し、ガーネット家を乗っ取ってまで、この花を手に入れようとした。ランドルフのような小者を使って。だが、僕が男爵位を継いだため、それが叶わなかった。だから、最終手段として、強奪という手に出た」

「ふっ、まるで私が、あなたの父上を殺したかのような口ぶり――」

「違うのか？」

博士の言葉を断ち切るように、アイリはピシャリと言い放つ。

ぶつけた言葉への反応を探る。リンドリー博士の表情に変化はない。だが、後ろに控えるランドルフの顔に、あからさまな動揺が走る。当たりだ。

それに気付いたのか、博士は一つため息を吐く。

父の事故には、最初から疑念を抱いていた。普段ほとんど酒を飲まない父が、酔って転落など馬鹿げている。葬儀からランドルフへの継承の流れも、あまりにスムーズ過ぎた。まるで筋書きに沿って進んでいるかのように。

「それで、あえて『特別継承権』を行使されたわけですか？」

「ああ。小心者の叔父が、そんな大それたことを出来るはずがない。黒幕がいると踏んだが、理由が分からなかった。僕が言うのもなんだが、ガーネット男爵家なんて吹けば飛ぶような家だ。財産だって大したことない。僕が男爵位を継承し、乗っ取りの邪魔をすれば、何か動きがあると思っていた」

そして案の定、裏庭から『青い花』が消えた。鍵は『青い花』。

『青い花』の行方を追いかけ、こうしていまリンドリー博士に辿り着いた。

「なるほど。賢しい小娘だ」

「認めるんだな？」

アイリが詰め寄っても、博士の不敵な笑みは消えない。枯れ木のように細い足を組み替え、博士は真正面からアイリを見つめた。身に纏う雰囲気が一変する。

「私が認めたところで証拠も何もありはしない。あなたは何も出来ませんよ。ですが、よろしい。あなたの勇気と知恵を称えて、この花の秘密をお教えしましょう」

皺に埋もれた暗い目が、アイリを見据えている。それだけで足が震えそうになった。

博士は立ち上がると、書斎机の上の呼び鈴を手に取り、小さく振った。場の雰囲気にそぐわない、軽やかな音が響く。

間を置かず、扉がノックされ、あの女執事が顔を覗かせる。

「例のものをここへ」

かしこまりました、と言い残し、一度扉の向こうに消える執事。

同時に博士は、ランドルフに席を外すよう指示する。ランドルフは不服を申し立てるが、博士の一睨みで、すごすごと部屋を出て行った。

ほどなく執事が部屋に戻ってくる。その腕には素焼の鉢植えが抱えられていた。テーブルに置かれた鉢植えの中で、吸い込まれそうな程に青い花びらが螺旋(らせん)を描いている。

正真正銘『青い花』が咲いていた。

「どうです、美しい色でしょ？ 何万、何十万種類という花の中でも、これほど美しい青は存在しない。私は、そう思うのです」

小さくない気持ちの揺れを抑えつけるアイリ。その反応を楽しむかのように、博士は大きく頷(うなず)く。そしてテーブルの上に置かれた鉢植え、その中で咲く『青い花』に軽く触れた。

「き、貴様」

たったそれだけの仕草が、アイリにはひどく屈辱的なものに見えた。声を上げそうになるアイリを、博士は手で軽く制す。

「まあ、そう焦らず。この美しい花の色は、私にとっては敗北の色でもあるのです」

そう言うと、博士の暗い目が、再びアイリを捉えた。

＊　＊　＊　＊　＊

コテージに入り、荷を下したサラに、ばあちゃんは温かな飲み物を出してくれた。カップを近づけると、柑橘系の甘い香り。特製のハーブティーだ。

「特製のリラックスティーです。オレンジブロッサムとレモンバーム、そこにラベンダーを少し。オレンジブロッサムは血液を浄化し、血の巡りをよくします。レモンバームとラベンダーは、気持ちを落ち着けてくれる。なにより心を元気にしてくれます」

そう言うと、ばあちゃんは胸の真ん中を小さく叩いた。

ゆっくりと香りを吸い込みながら一口。とても穏やかな味だ。暗闇に明かりを見つけた時のように、ほっと肩の力が抜けた。まるで魔法にかけられたかのようだ。

「それで、初めてのリットンはどうでしたか？」

自分も同じハーブティーをカップに注ぎながら、サラに訊ねる。

温かなカップを胸に抱くようにして、サラは一年間の出来事を話し始める。話し始めてみると、言葉は留まることなく溢れ出てきた。

着いてすぐひったくりに遭い、アイリと出会ったこと。男爵家でのアイリとの再会と採用試験、アイリと一緒に出掛けた初めての社交界、シムネル邸の整形庭園とノット花壇での探し物、ハートフォート公爵の風景庭園で殺人容疑を掛けられたこと、廃墟(はいきょ)での幽霊騒動……。

リットンでの思い出は、常にアイリと共にある。

「それはよい出会いでしたね。よき主に出会えることは、庭師にとって何より得難い幸せですから」

「はい」

サラは迷いなく頷く。

「それで、今日はどうしたのです？　休暇ですか？」

孫が恙(つつが)なく庭師として働けていると思い込んでいる祖母は、急な帰郷に首を傾げる。

俯(うつむ)いていた顔を上げ、サラは真っすぐに砂色の瞳を見つめ返す。

「あたしは、ばあちゃんに訊きたいことがある。だから、帰って来た」

「訊きたいこと？」

頬に手を当て、ばあちゃんは首を傾げる。

「『裏庭の魔女』って、ばあちゃんのことだよね？」

おしゃべりで、快活な祖母が珍しく黙り込んだ。二人の間を沈黙が流れる。

「どうして、そう思うの？」

「あたしは『裏庭の魔女』が関わった庭を幾つか見たの。どの庭にも、この庭と、ばあちゃんの庭と同じ特徴があった」

庭師はそれぞれに拘りを持っている。癖、と言ってもいい。庭の姿形を決めるのは庭の主だが、手掛けた庭師の癖は必ず残る。痕跡のように。

「針山のようなヒカゲユキノシタを石畳の割れ目に植えたり、ラムズイヤーやラベンダー、シルバーリーフのような銀葉色で、花壇や道を縁どるの好きだよね、ばあちゃん」

『裏庭の魔女』が手掛けたというシムネル邸の花壇、ハートフォート公爵のオランジェリーに続く石畳の歩道。いずれにも同じ特徴がみられた。

再びの沈黙の後、ばあちゃんは小さくため息を吐いた。

「『裏庭の魔女』とは、私がリットンで庭師として働いていた時の呼び名です。確かにシムネル邸の花壇も、ハートフォート公爵のオランジェリーも手掛けた記憶があります」

「ばあちゃんがリットンにいたことも、庭師として働いていたことも知らなかった。どうして教えてくれなかったの？」

「私は名前の残っていない庭師だからよ。今も昔も、園芸は男の物という考えが根強い。女が庭師としてやっていくのは大変なことです。『裏庭の魔女』という呼び名も、裏庭しか任せられない、或いは表立って頼みづらい、そんな理由からつけられたものなのよ」

「苦労したんだね、ばあちゃん」

孫娘の慰めの言葉に、ばあちゃんはニヤリと笑う。

「生意気だけは、一人前になったわね。それで、そんなことを知りたいためだけに戻ってきたのかしら？」

サラは大きく首を横に振る。

「教えて欲しいことは、もう一つある」

「何かしら？」

「その前に。ばあちゃんの庭と同じ特徴を持った庭、つまり『裏庭の魔女』の庭を、あたしはもう一つ知っている。それはガーネット家の裏庭」

祖母は僅かに目をすがめた。間髪容れず、サラは身を乗り出す。

「ばあちゃん、『青い花』の秘密を教えて」

＊＊＊＊＊

「それではお望み通り、この花の秘密をお話ししましょう」

そう言うとリンドリー博士は、先程執事が淹れていった二杯目の紅茶を口にする。つられるように、アイリもカップを手に取った。喉がひどく乾く。一杯目より、やや味が濃い気がした。

「この花が初めて発見されたのは、世界最大級の高度を誇る山脈の奥地。もう二十年以上前のことです。プラントハンターが持ち帰った花を見た時、私は衝撃を受けました。青いのです、とにかく青い。空に最も近い場所に咲くためか、その空の色が映り込んだような青。そしてこの青こそ、エルウィンの民が望んでやまない空の色だと思いました」

「空の色が映り込んだ花か。随分とロマンチストじゃないか」

アイリは皮肉に口元を歪めた。だが、博士は動ずる様子も見せず、話を続ける。

「プラントハンターが持ち帰ったうち、生き残った『青い花』はわずか十株。そのうち五株を得意先に売り、残りの五株で増殖を試みました。もともと高地に自生していたのです。厄介なリットンの冷涼な気候にも、難なく適応出来ると高を括っていました。慢心と奢りが、はからずも育成を粗雑なものにしたようです。結果は惨敗。五株のうち四株が枯れ、唯一蕾をつけた株も、咲いた花の色は……」

「青、ではなく白い花だった？」

アイリの言葉に、博士は頷く。その顔は苦渋に満ちていた。

「思わず鉢植えごと地面に叩きつけ、花を踏み躙っていました。いやはや若気の至りですなあ、いまでも自分の愚かさを後悔していますよ。聞けば得意先に分けた株も、すべて枯れたとのこと。その頃には発見された山への立ち入りが禁止され、新しい株を輸入することが出来なくなっていました。八方塞がり。『青い花』輸入の夢はついえた、筈でした」

「ところが、そうではなかったのだな？」

博士の目に暗い炎が灯るのを、アイリは見た。

「そうなのです。株分けした得意先の一つで、花は生きていた。しかもその家では、本来の青い色の花を咲かせて。そう、ガーネット家の裏庭でね」

話を続けるうちに、博士のしわがれた頬が赤く染まり、声も大きくなる。こめかみのあたりが痙攣し、目つきは鋭く、足は小刻みに揺れ始めた。

「いつ、それを知ったんだ？」

「一年より少し前でしょうか。きっかけはそう、ランドルフ様の何気ない一言。その昔に生意気な姪が、庭の青い花を自慢していた。幼い子どもの他愛無い話です。ですが、私は引っ掛かりを覚えました。まさかと思って調べさせると、ガーネット家はあの『青い花』の株を分けた家の一つ。すぐガーネット男爵にお会いし、確かめました」

かなり前の話だが、アイリには覚えがある。昔から居丈高な叔父は、何かとアイリに絡んできた。そして神童と呼ばれていたアイリが唯一苦手とする園芸は、叔父の恰好の話題だった。どこかのパーティーの場だったと思う。その日も叔父は園芸について、長々と絡んできた。自慢話を繰り返す叔父をやり込めたくて、子供だったアイリは、つい叔父の知らない『青い花』のことを口走る。その時は、叔父の鼻を明かせて満足していた。

まさか、あれが始まりだとは。

（そうか、やはり僕のせいか……）

目の前が暗くなるのを感じた。

「父上は、何も言わなかったはずだ」

「はい、仰いませんでした。ですが、私も商人です。その態度を見て、確信しました。この家の庭に『青い花』が咲いていると」

「あなたにとっては、屈辱だったろうね」

そこで博士の怒りは頂点に達する。

「ええええ、屈辱でしたとも。屈辱でした。自分が咲かせられなかった花を、他の庭師が咲かせる。園芸家として、これ以上の屈辱がありましょうか！　しかもそれを二十年も知らなかったなんて！」

博士は頭を抱え、綺麗になでつけられていた銀髪を掻き毟る。獣のような唸り声を上げて。女執事が素早く博士に駆け寄る。

その光景を、アイリは冷ややかな目で見ていた。

やがて落ち着きを取り戻した博士に、アイリは問い質す。

「それで『青い花』を奪うために、父を殺したのか？」

「『青い花』を取り戻すため、最初は秘密裏に男爵へ交渉を持ち掛けました。ですが、相手にもされず。そこでランドルフ様を使って、庭ごとガーネット家を乗っ取ることにしました。常々、ランドルフ様は男爵家への不満を零していましたから。引き込むのは容易でした。上手くいきかけましたが、あなたのために計画は頓挫。それでも『青い花』の価値を知らないあなたの警戒は薄く、継承のごたごたに乗じて取り戻すことが出来ました」

「あなたがやったことは、すべて犯罪だぞ。分かっているのか？」

「あなたこそ、私を誰だか分かっていますかな？　誰も私を裁くことは出来ない。たとえ女王陛下であってもね」

強がりでもなく、ただの事実だろう。『園芸界の独裁者』とまで呼ばれるリンドリー博士だ。どのような手を使ってでも、法の網をくぐり抜けられるはずだ。

アイリは怒りを通り越し、憐れみを覚えた。

「哀れな人だ。犯した罪に関しては償ってもらう。僕が償わせる、必ずだ。それまで精々、長生きするんだな」

「ふふふっ、噂通り生意気な小娘だ。さあ、私の話はこれで終わりだ。帰るがいい」

「まだだ！」

博士の言葉を、アイリは鋭く撥ねつける。

「どういうことですかな？」

「今のは秘密でも何でもない。ただの老人の昔話でしかないだろう？　『青い花』にはもっと大きな秘密があるはずだ。その秘密について、語ってもらおうか」

＊　＊　＊　＊　＊

「『青い花』の秘密？　何のことかしら？」

そう呟いた祖母の顔は、わずかに強張っているように見えた。おそらく事情があるのだろう。素直に話して貰えないことを悟ったサラは、自分の手札を切っていく。

「ガーネット家の裏庭にも『裏庭の魔女』の痕跡があった。芝生に続く短い歩道、枯れていた花壇から、あたしはそれを見つけた。ばあちゃんがガーネット家の庭の手入れをしたことは間違いない。違う？」

「違わないわね」

目を逸らしながらも、祖母は認めた。よし、と拳を握ると、サラは一層勢い込む。

「あたしが初めて訪れた時、あの庭はひどく荒れていたの。花壇の花はほとんどが枯れ、芝生は所々剥げていたし、底上げ花壇の囲いは破れていた。その時不思議に思った。底上げ花壇の囲いは一インチ厚のオーク材だよ？　一年程度で朽ちて破れるものだろうか、と。そして思い至ったの、これは破れたんじゃなくて、誰かに破られたんじゃないかって」

言葉を切り、祖母の反応をうかがう。砂色の瞳は静かにこちらを見ていた。サラは話を続ける。

「どうして、そんなことをする必要があったのか？　植わっていた物を盗み出すためとしか思えない。では、あの底上げ花壇には何が植わっていたのか？　アイリさまは、しきりに青い色の花を探してみえた。それを合わせて考えると、あの底上げ花壇には青い色の花が植わっていたはず。そして盗まれた」

「……」

一度開きかけた口を、祖母はきつく結び直した。

（ばあちゃん、迷っている）

手応えが自信を呼ぶ。サラは追撃の手を緩めない。

「底上げ花壇を修理するために土を掻き出した時、その土にまったく養分がないことに驚いた。その原因はこれだった」

サラは小さな球根を一つ、ばあちゃんに差し出す。ぱっと見は水仙の球根と変わらない。それを受け取ると、掌の上で転がしてみせる。

「これは、シルバーコインの球根だわね」

「そう、シルバーコインの球根。底上げ花壇の土の中から見つけたの。だから、底上げ花壇にシルバーコインが植わっていたことは間違いないはず。でも、シルバーコインの花は、青くない」

シルバーコインはその名の通り、銀貨のような丸い銀白色の花を咲かせる。そしてこの花には、一つ大きな特性があり、そのために他の花と一緒に植えられることは滅多にない。

「シルバーコインと一緒に花を植えるなんて、通常ではありえない。でも、あの底上げ花壇を作ったのがばあちゃんなら、きっと何か理由がある。それは一体、何？『青い花』の秘密は何なの？」

「……」

ジリジリとした気持ちで待つが、ばあちゃんの口は開かない。砂色の瞳を閉じたその顔には、迷いが見える。もう一押し。だが、サラの手札もあと一枚しかない。

「さっき話した幽霊屋敷の庭でね、不思議な花を見たの。花びらが渦を巻くように並んだ、不思議な花だった。あんな花、いままで見たことない。その花を見た時、アイリさまはひどく動揺してみえた。だから、これが『青い花』かと思ったんだけど、その花も青くはなかった」

言葉が終わらぬうちに、目の前の祖母がカッと目を見開き、椅子を蹴って立ち上がる。

「その花、何色だったの？」

突然のことと、その勢いに驚く。仰け反りながら、それでも何とか答える。

「白。花の色は白かったよ」

それだけ聞くと、ばあちゃんは力なく椅子に腰を落とす。そして長い長いため息を吐いた。

「サラの言う通り、ばあちゃんはガーネット家に呼ばれたことがあります。もう二十年近く前のこと。男爵さまから珍しい花を手に入れたのだが、本来は青い色の花が白くなってしまう。どうか青い花を咲かせて欲しいと頼まれました。庭の手入れは、その時にしたものです」

「じゃあ、あの底上げ花壇に植わっていたのは『青い花』なんだね」

「そうです。ばあちゃんと男爵さまは、『青い花』を咲かせることに成功した。同時に、その秘密も知ってしまったのです」

一度言葉を切ると、ばあちゃんは居住まいを正す。そして真っすぐ砂色の瞳を、サラへと向けた。

「『青い花』の秘密、お話ししましょう」

＊　＊　＊　＊　＊

「『青い花』の、もっと大きな秘密？　一体、何のことでしょう？」

惚(とぼ)ける博士を無視し、アイリは話を続ける。

「先日の王家主催のフラワーショー以来、リットンでは『青い花』バブルが起きているのは知っているな？　いいや、知らないはずがない。バブルの仕掛け人こそ、あなたなのだから」

『青い花』を出品したドロシー種苗店とリンドリー博士が、ただの商売関係でないことは、密輸植物のことを考えても明らか。当然、今回の件も博士が関わっていたはずだ。

「ドロシー種苗店は、ゴーストだ。店舗こそあるが、実際には存在しない店――実体のないゴースト。生み出したのはもちろん、あなただ。今回の『青い花』バブルでドロシー種苗店があげた儲けも、すべてあなたの懐に入るのだろう？」

「馬鹿なことを仰る。なぜわざわざゴーストの店を出す必要がありましょう。もしそうしたければ、リンドリー種苗店の名で『青い花』を出品すればいいだけのこと。その方がずっと効率的だ」

「それは、リンドリー種苗店の名に傷を付けないため。これから起きる騒動に、自分の店が巻き込まれては困るからね」

博士の顔から微かに浮かべていた笑みが消える。心持ち、その視線が冷たくなった気がした。

「それは、どういうことでしょう？」

「考えてみてくれ。青い花が咲くと思って買った球根が、すべて白い花を咲かせたとしたら、一体何が起きるだろう？」

　客たちの目的は、フラワーショーで見た青い花。女王が身に付け、最優秀に選出された青い花が咲くと思っているから、高い金を出して、競うように球根を買っているのだ。それが手塩にかけ育てて、咲いたのが白い花だったら。きっと、憤慨するだろう。

　怒りは当然、球根を売ったドロシー種苗店に向く。店の評判は地に落ち、怒り狂った客達が押し掛けるだろう。

「考えただけで恐ろしいですな」

「だが、ドロシー種苗店はもともと実体のないゴースト。その頃には店はたたまれ、影も形もなく消えているだろう」

　あとに残されるのは、白い花を抱え、途方に暮れる者たちだけ。

　余程、金に余裕がある大貴族ならともかく、中にはかなり無理して金を工面している者もいる。いや、大半がそんな者たちばかりのはずだ。きっと、目も当てられない状況。

「まあ、自業自得と言えなくもないがね。だが、そんな連中に救いの手を差し伸べる奴が現れる。あなただ、リンドリー博士」

　リンドリー博士は、彼らに同情顔で近づき、こう囁く。

「お気の毒に。その白い花、私が買い取って差し上げましょう」

　もちろん、花の価値は暴落している。提示される金額は、球根を買った時の何十分の一。

それでも彼らは喜んで話に乗り、リンドリー博士を神と崇めることだろう。

話を聞き終えた博士は、何度も頷く。さも感心したように。

「なるほど。確かにドロシー種苗店がリンドリー種苗店のゴーストなら、球根を売って儲けた金も丸々懐に入る。しかも私の評判は傷つくどころか、天井知らずに上がる。一石二鳥、といったところでしょうか」

「いいや、それだけじゃない。生育の労をとらずに、白い花を大量に手に入れることも出来る」

「何を馬鹿な。『青い花』はあの青い色が、人々を惹き付けるのです。白い花など――」

「今のあなたは青い色の花ではなく、白い色の花が欲しいのではないかな、リンドリー博士？」

言葉を遮られた博士は、そのまま黙り込む。

『青い花』の秘密は、白い花の方にあるのではないか？　そう考えたきっかけは廃墟の隠し庭。そこで育てられていたのは白い花だけだった。最初は青い花を咲かす球根がないのかと思ったが、フラワーショーで見た花や、今ここにある花は青色だ。だとすれば、わざと白い花を育てていたことになる。

そして隠し庭で会ったワース。顔色は青白く、頬はこけ、目の下には濃い隈があった。何度も汗を拭い、生あくびを繰り返していた。

「発汗、あくび、不眠、どれもアヘン常習者に見られる症状だ。『青い花』の秘密。それは――」

突然、視界が歪(ゆが)んだ。手足に力が入らず、立っていられない。堪(たま)らず膝をつく。机の上の食器が激しく音を立てた。

「本当に、賢(さか)しい小娘だ」

鉛のように重い頭を上げる。輪郭の歪んだ博士の顔を何とか捉えた。

「私は常々、植物で世界を支配したいと考えてきました。無理だとお思いですか？　そんなことはありません。歴史を振り返ってみて下さい。一つの植物が世界を動かしたことは何度もある。ジャガイモは人びとを飢餓から救い、チューリップは経済を破綻させ、そしてケシの実(アヘン)は国を蝕(むしば)んだ。この『青い花』は私の夢を叶(かな)えてくれる花なのです」

頭が重すぎて、博士が何を言っているのか分からなかった。いや、頭が正常だったとしても、きっと理解は出来なかっただろう。一つだけ分かったことがある。

（この男は、危険だ……）

崩れ落ちるようにして、アイリは意識を手放した。

＊＊＊＊＊

「えっ、麻薬⁉」

祖母から『青い花』について教えてもらっていたサラは、最後にその正体を聞かされ、驚きの声を上げた。声を上げてから、慌てて口元を押さえる。そんな孫の様子に、ばあちゃんは呆れ顔。

「心配しなくても、盗み聞きするような人はいませんよ」

何しろ一番近い隣家まで、歩いて優に三十分はかかる。人より獣の方が多いくらいだ。

「『青い花』が麻薬って、それ本当なの？」

盗み聞きする者がいないと分かっていても、ついサラは声を潜めてしまう。

「ええ。正確に言うと、その実が麻薬の原料になります。丁度、ケシの実がアヘンになるように。しかもアヘンより何倍も強い効果が得られるようです」

「アヘン……」

ケシの実を精製して出来るアヘンには、ひどい中毒性がある。我が国から世界へ広まったアヘンは、多くの人と国を蝕んだ。このエルウィンでも、深刻な社会問題になっていた。

アヘンを根絶できない理由は、それを求めている人がいるからで、求める人がいれば商売になるからだ。

そのアヘンより強い効果を持つ麻薬になる『青い花』。

「ガーネット男爵は、そのことを知っておられたのですか？」

「最初は男爵も、私も知りませんでした。栽培していくうちに分かったのよ」

花期を過ぎ、実がなり、やがて枯れ始めた『青い花』。植え替えのため引き抜き、燃やそうと火にくべた時、祖母は異変を感じたという。

「立ち昇る煙を吸った瞬間、意識が混濁してきたの。これはいけないと思い、すぐに火を消したわ。それから慎重に調べていくと、その実が麻薬になることが分かったのよ」

さすが魔女、と感心するサラだが、同時に疑問も湧いてくる。

「ガーネット男爵は、どうしてそんな危険な『青い花』を、ずっと裏庭で育てていたんだろう？　すぐにでも捨てれば良かったのに」

「男爵さまが裏庭に咲かせていたのは青い花です。青い花なら問題ありません。青い花は麻薬にはなりませんから」

いやに強い口調で祖母は断言する。だが、その物言いがサラを混乱させた。

「さっき『青い花』は麻薬になると言ったじゃない？」

「ええ、言いました。『青い花』の実は麻薬になります。ですが、青い花は麻薬になりません。なぜなら実がならないからです」

「どういうこと？」

すっかり頭を抱えてしまった孫娘に、祖母は諭すように説明を始める。

「『青い花』と言いながらも、この花は青い花を咲かせる場合と、白い花を咲かせる場合があります。白い花は麻薬になる実をつけますが、青い花は実をつけません」

「青い花と、白い花……。でも、やっぱり危険なことには変わりないよ」

「ええ、それは男爵さまも重々承知。ですが、あの花は奥さまの形見でもあり、捨てられなかったのです」

「奥さま。アイリさまのお母上って……」

「花が本当に好きな方でした。その裏庭も、奥さまがずっと手入れをなさっていて。『青い花』も奥さまが植えたのよ。娘の瞳と同じ色をした花が咲くことを、それは楽しみにされていました。結局、青い花を見せることは出来ませんでしたが……。男爵さまは、それをずっと後悔しておられました」

「そう、なんだ」

そんな話を聞かされると、こちらまで、しゅんとなってしまう。

（気持ちは分かる。分かるが、危険なことには変わりない。でも……）

堂々巡りに陥り、わしゃわしゃと頭を掻きむしるサラに、ばあちゃんは話を続ける。

「田舎に引っ込んでからも、『青い花』のことは気にかかっていました。せめて私に代わって、監視出来る者がいれば。そんなことを考えていた時でした、サラが庭師になりたいと言い出したのは」

「あ、あたし!?」

急に出て来た自分の名前に、サラは驚く。

「ええ。最初は現状の厳しさを教えて、諦めさせるつもりでした。ですが、同時にある考えが浮かんだのです。サラをガーネット家に送り込んではどうかと。確かに女性を庭師として雇う屋敷は少ないが、ガーネット家はその少ない中の一つ。サラの願いを叶えると同時に、監視の役も任せられる。男爵さまに相談したところ、すぐに承諾を頂けました」

「なるほど。って、でも、あたしがガーネット家に雇われたのはたまたまで、あれ？　ばあちゃんが書いてくれた紹介状の働き先って……」

「ガーネット家です。一年経ってようやく届いた手紙で経緯を知った時は、さすがに運命を感じました」

（そういえば、はじめてガーネット家を訪ねた時に、アイリ様が予定していた庭師に逃げられたと言っていたような……）

背中を冷たい汗が伝う。

「だけど、ばあちゃん、あたしに『青い花』のことなんて何も教えてくれなかったよね？」

「男爵さまが働きを見て、あなたを信頼できると判断したら教える手はずになっていたんです」

それからばあちゃんは、頬に手をあて、ため息を吐く。

「今回は不測の事態が重なりました。男爵さまの事故はもちろん、それを私が知らないまま、あなたを送り出したこと。その間に『青い花』が盗まれていたこと。もちろん、あなたのドジもです」

うっ、と言葉に詰まるサラ、だが、すぐに反撃。

「いや、でも、じゃあ、あたしがガーネット家の庭師になったと分かった時点で、『青い花』の秘密を伝えてくれれば良かったのに」

「その時、私はアイリさまがどんな方か知りませんでした。『青い花』の秘密を知ったら、悪用するかもしれないと――」

「アイリさまは、そんな人じゃない！」

思わずサラは祖母の言葉を遮った。顔を真っ赤にし憤慨する孫娘を、祖母は両手を上げて宥める。

「お前の話を聞いた今なら、アイリさまがそんな人ではないと私も思います。ですが、聖人の子が、必ずしも聖人とは限らない。アイリさまを疑ったことは謝ります。ですが分かって、『青い花』はそれほど危険なの。悪用する者の手には、絶対に渡してはいけないのです」

「それは、リンドリー博士のこと？」

サラの言葉に、祖母の顔から表情が抜け落ちる。その様子を目の当たりにしたサラは、廃墟の隠し庭で同じ名を聞いた時のアイリを思い出す。

「リンドリー博士って、一体どんな人なの？」

「植物学の権威です。ですが、私たちとは違う。私たち庭師は自然を敬い、植物と共に生きていくことを望みます。だが、彼は違う。自然を制御しようとし過ぎるのです」

「自然を制御する？」

「そうです。世界中のあらゆる地域から植物を集め、自分の庭で試験栽培と品種改良を繰り返し、その土地に合った物へと作り変える。それは素晴らしいことであると同時に、危険な行為でもあります。行き過ぎると、その土地に元来根差すものを駆逐してしまう。人も含めてね。だが、彼はあえて、それをやろうとしている」

「それって、つまり……」

サラは固唾（かたず）を呑（の）む。

「彼は、危険な人間よ」

ばあちゃんは、はっきりと言い切った。

実のところ、話が大き過ぎる。あまりに壮大過ぎて、サラにはすべてを理解することなどとても出来ない。それでもアイリがサラを遠ざけた理由は分かった。そして自分がこれからやるべきことも。

「た、大変だ！　アイリさまを助けにいかなきゃ！」

＊　＊　＊　＊　＊

アイリが目を覚ました時、辺りは暗かった。

少しずつ闇に慣れていく目で周囲の様子をうかがう。物置として使われているのか、木箱が幾つも積み上げられている。窓がないので、外の状況は分からない。アイリ自身は両手首を体の前で縛られ、そこから伸びた縄が柱に括りつけられている。入口扉の前に銀のトレー。食事が載っていた。

（相手さんにとっても、僕の誘拐は想定外だったらしいね。監禁場所に困って、物置に放り込んだといったところか。窓がないことから、地下なのかもしれないな）

アイリは慌てることなく、冷静に自分の置かれた状況を整理していく。

（まだ頭はふらふらするが、体に問題はなし。どうやら睡眠薬を盛られたらしい。二杯目の紅茶かな。まあ、ウィリアムを強制的に帰したあたりで、こういう展開も想定はしてい

たけどね）

どれくらい意識を失っていたか分からないが、日はもう落ちているだろう。夜になっても帰らないとなれば、ウィリアムやマーサが騒ぎ出すはずだ。博士は知らぬ存ぜぬで押し通すつもりだろう。それでもあの二人が大人しく引き下がるはずがない。助けは期待できる。だが、

「悪いね、僕はお姫様じゃない。助けを待つだけというのは、性に合わないんだ」

元より一人でやるつもりだった。なにをするのも自分一人。その方が気楽だし、何より、万が一の時に誰にも迷惑を掛けないで済む。もう自分のために、誰かが傷つくのを見るのは嫌なのだ。

縄抜けを試みると、手首を縛っていた縄は簡単に解けた。

――アイリさま、どうしてそんな事が出来るんですか⁉

サラが近くにいたら、きっとそう言って驚くことだろう。その様子が目に浮かぶようで、つい口元が綻ぶ。

「紳士のたしなみだよ、サラ」

その後、食事のトレーを回収に来た男性使用人に当て身を喰らわせ、物置から抜け出す。

予想通りそこは地下であることを確認すると、人目を避けながらある場所へ向かう。

（多分、この辺りに……、あった！）

そこは洗濯室。大抵の屋敷は地下にあると踏んでいたが、当たりだった。

洗濯物の中から手頃なメイド服を拝借し、物陰で素早く着替える。そして何食わぬ顔で、屋敷の中を歩いていく。

(折角、虎穴に入ったんだから、虎子を得にいきますか)

狙うは博士とドロシー種苗店との繋がりを示すもの。或いは父が書き残したガーデニング日誌。一度失敗している博士が、『青い花』を咲かせられたのは、父のガーデニング日誌があったからだ。そしてガーデニング日誌には、『青い花』の秘密が書いてある。博士もそこで麻薬のことを知ったに違いない。

(なんとしても、取り戻さないと)

『青い花』の正体を公表すれば、博士の計画もバブルと共に弾ける。そのためにもガーデニング日誌は必要だ。

(博士の書斎は二階の角部屋。南向きに大きな窓があった。ガラスは色ガラスで……)

ゆっくりと屋敷の周りを歩いていく。就寝時間が近いのか、二階にはほとんど人の姿がなかった。やがて、ある扉の前で足が止まる。

扉に耳を当て、中の様子をうかがう。人がいる気配はない。鍵が掛かっていることは分かり切っているが、万に一つの可能性を考慮してノブを回す。

「……開いてる」

わずかな軋みも立てず、扉は内側に開いた。わずかな隙間から室内を覗く。やはり人の姿はない。

侵入するための作業が一番の難関だっただけに、これは大変有難い。有難いのだが……。

(果たしてこれは奇跡か、幸運か、はたまた出口のない罠への誘いか)

考えている暇はない。アイリは扉を開け、出来た隙間に体を滑り込ませる。目論見通り、そこは見覚えのある博士の書斎。

室内に忍び込んだ時には、安堵の一息が漏れる。気付けば全身汗びっしょり。額の汗を拭う。

休んではいられない。すぐさま、書斎机にかじりつく。

(上から行くか)

一番上の抽斗に手を掛ける。ここも鍵はかかっておらず、すんなり抽斗は引き出せた。掻き混ぜるように中を探るが、ノートらしきものは入っていない。続けて二段目、三段目と進んでいくが、いずれにも目的の物は入っていなかった。

机の上や周りも調べてみるが、手掛かりになりそうな物すら見つからない。

う〜ん、と唸っていると、開きっ放しになっている、一番上の抽斗が目に飛び込んで来た。漠然とした違和感。そのまま見つめているうちに、はたと気付いた。

(そうか！　この抽斗だけ、妙に底が浅いんだ)

真横から見ると、明らかに不自然だ。外から見た印象に比べ、中の底がかなり浅く感じられる。

「と、いうことは……」

中身をすべて抽斗の外へ放り出し、底板を調べる。案の定、二重底だ。喜び勇んで上の板を叩いたり、押したり、捻ったりした。すると、がちゃと音がして、上板が外れる。その下に隠されていた空間が現れた。

「やっ、た……」

出かかった声を、途中で飲み込む。隠れた空間の中には、何も入っていなかった。

茫然と佇むアイリは、音もなく入口の扉が開いたことに気付かなかった。そして影のように室内へ忍び込んできた人物にも。

「一体、どういうことだ？」

「鼠対策ですよ。あなたのように盗みに入った者が、夢中になって飛びつくように」

はっ、と顔を上げた時には、部屋の扉の前に人影が立っていた。すぐさま机の裏に身を潜める。後手に扉を閉めた音に、鍵の掛かる音が続いた。

「夢中になって二重底の仕掛けを開けた後、戸惑う鼠たちの顔を想像するのが好きでしてね」

「その口ぶりだと、扉が開いていたのもわざとか。随分と悪趣味だな」

「あなたが大人しく監禁されているような人でないことは分かっていましたのでね。ずっと監視させていたのですよ。そして立場を弁えて、口を利きなさい」

聞き覚えのある声に、わずかな苛立ちが滲む。

状況を確認する。ここはリンドリー博士の書斎。出入口は一つで、その扉には博士が立ちはだかっている上、鍵を掛けられた。あとはガラス窓。窓は閉まっていて、ここは二階。それなりの高さがあり、飛び降りるには勇気がいる。着地に失敗すると、足くらい挫きそうだ。

(幸い、相手は一人、しかも老人だ。手荒なことをするのは気が進まないが……)

結論を出し、アイリが机の裏から顔を覗かせる。同時に、入口の人影が右腕を真っすぐに突き出した。カチリと、鈍く、不吉な音が響く。撃鉄を起こす音だ。

「まあ、そう上手くは行かないか」

そろりと元の位置に戻る。

「耳がよい様で。それでは、最後に何か言い残すことはありますか?」

「随分と性急だな。僕を殺すと、ウィリアムが黙っていないぞ」

「使用人を殴り倒したうえ、窃盗を働いたとなれば、射殺もやむなしでは? ああ、あとメイド服の盗難もですね。よい口実を与えて下さいました」

「そっちの誘拐と監禁が先だろ?」

軽口をたたいてみるが、状況は最悪だ。

解けやすい拘束も、抜け出しやすい監禁も、全て計算ずくだったらしい。そして、用意された罠にまんまと飛び込んでしまった。

(まずいね。これは、詰んだかな)

暗闇に潜む銃口が、アイリを狙っているのが分かる。背中を流れていく汗が、さすがに冷たい。

「どうされました？　命乞いでもしてみますか？　普段なら、そんなもの見たくもないのですが、あなたのはぜひ見てみたい。無様なあなたの姿に、ひょっとしたら私の気も変わるかもしれない」

舌なめずりが聞こえてくるようで、反吐(へど)が出る。

「僕は女男爵(バロネス)だ。僕が自らひざを折るのは、女王陛下ただお一人。お前ではない！　分を弁えよ！」

不思議と迷いなく言葉は出て来た。貴族なんて大嫌いだったのに……。

「……最後まで可愛(かわい)げのないガキめ。立て！」

怒りに震える声が響く。

アイリは覚悟を決め、ゆっくりと立ち上がる。そして眼光鋭く、リンドリー博士を睨(ね)め付(つ)けた。青い瞳が闇に輝く。

わずかにぶれた銃身だったが、それでもすぐさま落ち着きを取り戻す。ぴたりとアイリの胸に照準が合わせられる。

覚悟を決めたからか、恐怖が引き潮のように引いていく。

(道半ばで退場するのは悔しいが、僕一人だ。今度は誰も巻き込まなかった。もう僕のために誰かが傷つくのは見たくないからね。上出来じゃないか)

博士の顔に嗜虐の笑みが浮かんだ、その時――、

「火事だ！ 火事だ！ 火が出ているぞ！」

突如、部屋の外から大声が飛び込んで来た。

あまりに近くで聞こえた緊迫の声。アイリは、反射的に窓に顔を向ける。

「動くな！」

今度は正面からの声に、体が跳ねた。

「残念ですが、助けにはなりませんよ。あなたを始末した後で、すぐに火は消し止めます。だからご心配なく――」

博士の言葉を遮るように、部屋の扉が激しく叩かれた。扉の向こうで女執事が何か怒鳴っている。忌々しげに舌打ちが響く。

「どうした！」

鍵を開け、わずかに作った扉の隙間に向かって怒鳴る博士。だが、その目と銃口は油断

なく、アイリを捉えていた。

その間も「火事だ、火事だ」と騒ぐ声は途切れない。それどころか、部屋の扉のすぐ外から聞こえる。声が聞こえるたび、アイリの鼓動が激しく胸を叩く。

「大変です、旦那様！　火事です！　この者が煙が上がっているのを見たと、知らせに駆け込んできました！」

どうやら扉の向こうには執事以外にもう一人、通報してきた者がいるようだ。

切迫した空気が、扉越しに伝わってくる。だが、博士は沈着な態度を崩さない。

「分かった。用事をすませたら、すぐに行く。それまでに使用人を避難させ、警察に連絡を入れておけ。火元はどこだ？」

「そ、それが……」

言い淀む女執事に変わって、別の声が答える。

「水晶庭園で火事だ！　庭園から煙が上がっているぞ！」

それまで冷静だった博士を、その一言が崩した。いままで決して逸らさなかった目と銃口が、ほんの一瞬アイリから離れる。

その瞬間を、アイリは逃さない。

「サラ、来い！　僕はここだ！」

アイリは叫ぶや、窓に駆け寄り、素早く開け放つ。同時に扉が内側に開き、猛然とサラが飛び込んできた。どちらに銃口を向けるか迷った博士を、サラが体当たりで突き飛ばす。

そのままアイリを抱え上げ、窓枠を乗り越える。遅れて響く銃声を、空中で聞いた。

「よいしょ！」

アイリを抱えたまま、サラは着地を決める。

「サラ、なんでキミがここにいるんだ！」

「ご説明はのちほど。いまはここから逃げましょう。しっかり捕まっててくださいね」

言うが早いか、そのまま勢いよく走り出す。

抱えられたままのアイリは、辺りの様子に目を凝らす。水晶庭園の方から煙が上がっていた。屋敷(やしき)から大勢の人が駆け出し、庭園に向かっている。そんな混乱状態の中、二階の窓から身を乗り出している人影が見えた。

(こちらを見ている)

窓辺の影は身じろぎもせず、そこに佇んでいた。

＊　＊　＊　＊　＊

「この大馬鹿者！」

「ひえ～！」

　無事にガーネット邸に帰ってくるなり、アイリに第一声で怒られた。サラはわけも分からず、飛び上がる。

「あの火事騒動、サラがやったんだな？　なんて無茶をするんだ、キミは！」

「す、すみません。ガーネット家へ帰ってきたら、アイリさまがリンドリー博士の元に行ったまま帰らないと教えられて……。アイリさまを助けたい一心で、つい」

「つい、ではない！　分かっているのか放火は重罪なんだぞ！　もし警察に捕まりでもしたら――」

「あっ、それなら大丈夫です。放火ではありませんから」

　あっけらかんと答えるサラに、アイリは目を剝く。

「どういうことだ？」

「あれはマーサさんに頼んで、雷管付きの発煙筒を庭園の近くに投げ込んでもらっただけですから」

　大きく目を見開いたアイリは、後ろに立つマーサに視線を向ける。マーサは何も言わず、大袈裟に肩を竦めるだけ。

「まったく、うちの使用人たちときたら……」

　アイリは片手で顔を覆い、何度も首を横に振る。怒っているようにも、呆れているようにも見えた。少しだけ喜んでいるようにも。

「あの、アイリさま？」

「それで、どうしてサラは、僕があの部屋にいたと分かったんだ？」

「それは、たまたまなんです」

屋敷の塀を越え、先に屋敷の敷地内で待機していたサラは、火事騒動が起きると真っ先に屋敷に駆け込んだ。そして対応に出て来た女執事に、水晶庭園が火事だと告げる。慌てた執事を追いかけて、屋敷に入ったのだという。

「執事さんは真っ先に主の元へ知らせに行くはずだから、一緒について行けば必ずリンドリー博士の元へたどり着けると思ったんです。博士に訊けば、アイリさまの居場所も分かると思って」

「そしたら、たまたま僕も一緒に居たというわけか」

「はい」

身を縮めながら、サラは答える。

「なるほど。サラにしては、理に適った行動だ」

「あのアイリさま、怒ってみえますか？」

腕を組んだまま唸るアイリに、サラは恐る恐る訊ねる。ギロリと睨まれたので思わず首を竦めるが、アイリはゆっくりと首を横に振る。

「サラたちが思っている以上にピンチに陥っていたからね。偶然とはいえ、キミたちが来てくれなかったら助からなかっただろう。ありがとう」

サラにはその言葉だけで十分だった。込み上げてくるものを、ぐっと堪える。

「しかし、これで終わりじゃない。何としても博士の計画を阻止せねばならないのだから」

椅子から立ち上がり、アイリは掌に拳を打ち付ける。

「アイリさま、実はその件で、あたしはここに戻って来たんです。これをアイリさまにお届けするため」

そう言うと、サラはアイリの前にずだ袋を差し出す。首を傾げながらも、アイリは袋の中を検める。中には何かの球根が、大量に入っていた。

「これは、なんだ？」

「魔女の手土産です」

サラは会心の笑みを浮かべた。

「シルバーコイン？」

「はい。その名の通り、銀貨のような丸い銀白色の花を咲かせます。この花はある特性から、異名を『白銀の吸血鬼』と言います」

「随分と物騒な異名だな」

アイリは袋から、球根を一つ取り出す。ぱっと見では、水仙の球根と見分けがつかない。

「はい。このシルバーコインは、土から栄養を吸い上げる力が非常に強く、痩せた土地であっても花を咲かせます。ですが、あまりにその力が強いため、一緒に植えた植物は養分を得にくい状況に追い込まれてしまいます。そして、これが『青い花』が青くなる秘密なのです」

「どういうことだ？」

唐突に出て来た『青い花』に、アイリは訝しげな顔をする。

「実は『青い花』の球根は一種類しかありません。青い花が咲くものも、白い花が咲くのも、球根は同じなんです。では、何が花の色を変えるのか？　それは生育する環境です。養分を充分に得られる環境では、花は白くなります。逆に養分が充分でない環境では、花は青くなります」

「それはつまり、栄養不足の時に青い色の花が咲くということか？」

「そうです。言うなれば青い色の花は、栄養失調状態。だから、麻薬の元となる実を作ることが出来ないのです」

『青い花』が最初に発見されたのは世界有数の高山。世界最高峰の山々が連なる厳しい環境だ。

「そして『青い花』が青い花を咲かせる環境、つまり栄養不足の土壌を、このシルバーコインが作ってくれます」

ガーネット家の裏庭にあった底上げ花壇は、『青い花』に青い色の花を咲かせるためのもの。

「なるほど。では、この球根を『青い花』の球根と一緒に植えれば、白い花は咲かないわけだな？」

「そうなんです！　今リットン中で、『青い花』が買い求められていることは聞きました。だから、『青い花』を買った人たちにそれを伝え、この球根を配れば――」

勢い込むサラを、アイリは手を上げて制す。

「わざわざこちらが配りに行ってやることもあるまい。それにこちらが必死に説明するほど、相手は不審に思うのが世の常だ。だったら、相手に取りに来させようじゃないか」

きょとんとするサラに向かって、アイリは不敵に微笑んだ。

翌日からリットン中にある噂が流れ始めた。

「おい、聞いたか？　ペンブルック伯爵が、ある球根を買い占めているって話」

「ああ、聞いた聞いた。買った球根が公園の一角に山積みにされているのも見た。しかも兵士に警備までさせてたぜ。ありゃ、そんなに価値のある球根なのか？」

「知らねえのか？　いま飛ぶように売れてる『青い花』、実はあの球根と一緒に植えないと花が咲かないらしいんだ」

「なに、それは本当か？」

「だから、ペンブルック伯爵は球根を買い占めているのさ。自分だけ『青い花』を咲かせるために」

「なるほどなあ。それじゃあ、『青い花』の球根を買った連中は気が気じゃないだろうな」

町のあちこちで同じような話が繰り返され、噂はあっという間に広まっていく。球根が山積みにされた公園の一角は、昼間に見物客が黒山の人集りになる有様。

そして噂が広まるほどに増えたのが、盗難。

夜な夜な警備の目を掻い潜り、広場から球根を盗む者が多発したのだ。しかも厳重な警備を敷いているにも拘らず、盗っ人を一人も捕まえられずにいた。

それではペンブルック伯爵も、さぞやお冠だろうと町の者は囁き合う。だが、当の本人はその公園で、さも愉快そうに笑っていた。

「いやはや、アイリーンの思惑通りだね。順調に球根は盗まれているよ。それにしてもよく考えたね、まさに逆転の発想だ」

「考えたのは僕じゃない。先例がある。偉大な大王による先例がね」

とある国の王が、飢饉に備えジャガイモの植付けを奨励した。だがジャガイモを初めて見た農民たちは、その不恰好な形からまずいに違いないと思い込み、栽培を拒む。そこで王は自らジャガイモを栽培し、兵に厳しく警備させた。農民たちは驚く。ジャガイモとは、そんなにも高価な物だったのかと。やがて警備の隙をつき、盗み出したジャガイモを、こっそり自分の庭で育て始める農民が続出する。王の思惑通りに。兵士に警備の手を抜くよう指示してあったことは、言うまでもない。

そうして普及したジャガイモが、やがてその国の民を飢餓から救うこととなる。まさに先見の明だ。その偉大な功績により大王と呼ばれることになる王の墓には、いまもジャガイモの白い花が供えられている。

「隠されれば覗きたくなり、逃げられれば追いかけたくなり、拒まれれば燃え上がる。恋と同じだね、アイリーン」

「さっさと燃え尽きてしまえ」

今日もアイリは、ウィリアムに冷たい。本人がまったく気にしていないのが救いなのかどうなのか。

「それにしても、良かったんですか？　なんだかウィリアムさまが、悪者のように思われてしまいませんか？」

アイリの隣に立つサラが、心配そうに声を掛ける。

「なあに、何かと妬まれるのが、持つ者の定めさ。それにアイリのために着せられる汚名なら、むしろ誇りたいくらいさ」

懲りることなくアイリにウインクを飛ばすウィリアム。さて、今度はどんな冷たい言葉が飛び出すかと、サラは冷や冷やする。

「悪いとは、思っている」

そっぽを向いたアイリの口から出た意外な言葉に、サラとウィリアムは顔を見合わせる。

「聞いたかい、サラくん」

「聞きましたとも、ウィリアムさま。これは紛れもなく、大きな前進です！」

「そうだとも！　さあ、アイリーン、結婚しよ——」

「黙れ！」

思い余って飛びつこうとしたウィリアムの顔面を、アイリの拳が捉える。

恋の花の開花は、まだまだ先のようだ。

ウィリアムと別れ、アイリとサラは家路につく。二人並んで公園を出た時だった。

「サラ、見ろ」

アイリに言われ、公園前の通りに目を向ける。そこには一台の黒い馬車が停(と)まっていた。

馬車の窓から、顔色の悪い老人がこちらを見ている。

その暗く怒りに燃えた目に、サラは慄く。

やがて馬車はゆっくりと動き出し、サラたちの前を通り過ぎ、やがて大通りに消えていった。

「誰ですか、あの人?」

「噂の黒幕さ。あの顔を見る限り、今回は僕らの勝利のようだね」

そう言って、大きく伸びをするアイリ。あれがリンドリー博士なのか、勝ちとはどういうことか、訊きたいことは沢山ある。それでも真っ先に訊きたいことは、

「僕ら、ですか?」

すると、アイリは不思議そうな顔でサラを見る。それから、にやりと笑う。

「さすがに今回の件に関しては、ウィリアムに世話になった。それにマーサも情報収集に奔走してくれた。僕だけの力ではないからね。それからシルバーコインを贈ってくれた『裏庭の魔女』にも感謝している」

そんなアイリの言葉を、やきもきしながら聞いていたサラだが、ついに我慢できなくなる。

「あ、あの、そこにあたしは、入っているのでしょうか?」

涙目で自分を指さすサラに、アイリは噴き出す。一頻り笑ってから、サラを真正面から見つめる。

「そんなの当然だ。なにしろ主と庭師は、一蓮托生なんだからな。だから、僕ではなく、僕らだ。僕とサラと、みんなの勝利だ。そうだろ？」

向けられた不敵な笑みに、サラは大きく頷く。

「はい、アイリさま」

エピローグ

滅多に緊張などしないと自負するアイリが、今日は珍しく足の震えを堪えていた。理由は目の前の人物。

輝く美貌の上に、王冠を戴き、玉座に座す。太陽の沈まぬ国エルウィンの頂点に君臨する、我らが女王だ。

「アイリ、近くに」

女王自らがアイリを招き寄せる。腰をかがめたまま、玉座に近づく。

「アイリ、今年の『シーズン』が始まる時、私が言ったことを覚えていますか？」

「はい陛下。父親の事故と処遇に不服があるなら、自分の手で真相を暴き、周囲を黙らせよ。そう言って頂きました」

満足げに女王は頷く。

「そうです。そしてお前は、それを成し遂げた。お前の報告通り、ランドルフはお前の父親、ガーネット男爵の殺害を認めたそうだ。実に見事である」

「有難きお言葉」

アイリは深々と頭を下げる。普段、滅多に頭など下げないからか、妙に頭が重く感じられた。それとも今日が特別だからかもしれない。

「約束通り、そなたの男爵継承を認めよう。アイリ、今日からお前は正式に女男爵（バロネス）だ」

「謹んでお受けします。この国のため、女王のため、微力ながら尽くします」

もう一度、アイリは頭を下げる。居並ぶ貴族たちから、盛大な拍手が沸き起こった。

これでもう、アイリの継承に異を唱える者はいなくなる。少なくとも表面上は。まさに悲願成就の瞬間だが、アイリの胸のうちは複雑だった。

アイリたちがシルバーコインをばら撒（ま）き終えた頃、突然父親が事故死ではなかったことを示す証拠が明るみに出てきた。その結果、殺害に関わったとしてランドルフは逮捕。事件の真相も程なく解明されるはずだ。

時を同じくして、密輸植物の栽培でドロシー種苗店が摘発された。一度は揉（も）み消（け）されたはずだったが、こちらも言い逃れのできない証拠が出てきたと聞いている。

ドロシー種苗店の不祥事を受け、『青い花』の価値は急落。バブルは弾（はじ）けた。

いずれも自身に害が及ぶことを恐れた、リンドリー博士の仕業だろう。ただ、不要になったものを切り捨てただけかもしれないが。

今となっては、リンドリー博士と『青い花』を結びつけることも難しい。『青い花』事件は、その真相を表に晒（さら）すことなく闇に葬られた。

アイリとしては忸怩たる思いだ。真相に辿り着きながら、黒幕を取り逃がしたのだから。

「そんな顔をするな。博士の悪事は必ず暴いてみせる、この私自らの手でな」

予期せぬ言葉に、顔を上げれば、女王が凄みのある笑みを浮かべていた。

疑問が浮かぶ。この国一の頭脳を持つ女王は、果たして今回の件、どこまで真相を知っているのだろう、と。

(あの笑みを見たあとでは、怖くて何も訊けないね)

アイリは内心で苦笑する。

「そうだ、アイリ。私からの継承祝いを、邸宅の方に送っておいた。アイリに相応しい贈り物だ。楽しみに帰宅するといい」

「継承祝い？」

首を傾げるアイリに、女王は意味ありげに笑った。


「お帰りなさいませ、アイリさま」

サラは宮殿から戻ってきたアイリを出迎える。その顔はなにやら複雑な表情。何かあったのだろうか？

「女王陛下から、何か届いていないか？」

「届いていますよ。継承のお祝いだそうです」

届いた荷を、アイリの前に持ってくる。躊躇なく、アイリはその包装を剝がす。中から出来てきたのは植木鉢。植わっていたのは、『青い花』。空の色を写し取ったような、綺麗な青色の花を咲かせていた。

「……図らずも、我が家に戻ってきたか」

複雑な表情で『青い花』を見つめるアイリ。

「どうかなさいましたか？」

「一連の出来事を通じて、今回はいろんなことが解き明かされたわけだ。だが、一つだけ謎が残ったと思ってね」

「謎？　何ですか？」

サラは首を傾げる。

「大したことじゃない。『青い花』が母の形見であることは聞いた。でも、父は『青い花』は僕の花だと言ったんだ。あれは、どういう意味だったのだろう？」

首を捻る主に、庭師は満面の笑みで答える。

「それはきっと、名前だと思います」

「名前？」

「はい。ばあちゃんから、この『青い花』の学名を教えて貰いました。学名には人の名前が用いられることが多々あります。この花もそうです。発見者の娘の名を冠した学名は、

『Caerulеis oculis Irene』。訳すと――」

「『空色の瞳のアイリーン』。なるほど、ロマンチストな父らしい」

娘と同じ名前を持つこの花を、きっと男爵さまは大切にしていたのだろう。その学名に最初に気付いたであろう亡き夫人の思い出と共に。

アイリはガリガリと頭を掻く。それから、もう一度『青い花』を見つめる。その瞳の色は、いままでとほんの少し違っているようにサラには思えた。

「ところでサラ。僕は今日から正式に男爵位を継承した。つまり女男爵だ。そしてサラは、僕の庭師。つまり女男爵の庭師だ」

「女男爵の庭師」

背筋を喜びが、震えとなって走っていく。

「そうだ。そして女男爵の庭師としての初仕事だ。この『青い花』を裏庭に植えて欲しい」

「畏まりました、女男爵アイリ」

サラは大きく頷いた。

番外編　ウィステリア

「あの、マーサさんって、実は元貴族のご令嬢だったりしません？」

そう同僚に話しかけられたのは、一日の仕事が終わり、いつものように少し遅めの夕食をとっていた時のこと。

思わず顔を上げ、向かいに座る同僚の顔を見た。いかにも考え抜いた末の結論を、思い切って言ってみました、という顔をしている。まあ、実際そうなのだろう。

「そんなわけないだろ」

そっけなく答えて、食事に戻る。

この同僚の突拍子もない言動は、今日に限ったことではない。だから特段驚きはしないのだが、それにしても貴族のご令嬢とは……。

あまりに自分のイメージからかけ離れ過ぎていて、呆（あき）れてしまう。

「う～ん、違いますか。じゃあ、あれだ！　元は盗賊団の女頭領ですね？」

「はあ!?」

食っていた物を噴きそうになった。つい顰めた面で、同僚を睨みつけてしまう。

だが、その程度でへこたれる様な奴ではない。小鼻を膨らませ、前にもまして自信あり気な顔で、こちらを見返してくる。

「そんなわけあるか！」

前より幾分強めに否定する。

貴族令嬢の次の候補が、盗賊団の女頭領ときた。相変わらずの振れ幅だ。

「ええ、それも違いますか!? それじゃあ、ふぎゃ!!」

立ち上がるなり、尚も続けようとする同僚の頭を手で上から押さえつけてやった。

貴族令嬢、盗賊ときて、次に何が飛び出してくるか、正直興味はある。だが、まともに付き合っていたら夜が明けてしまう。

「何で突然、俺が貴族やら、盗賊やらだと思ったんだ？　理由を言え、理由を！」

ぐりぐりと頭を掻きまわす。

「い、いや、と、突然思いついたわけじゃないんです。い、いつも、マーサさんを見ながら、ふ、不思議だなって思っていたんです」

「あん、俺のどこが不思議だっていうんだよ？」

話を聞くため、一旦手を離してやる。

「不思議ですよ。時には貴族さまと見紛う程に優雅で知的なのに、他方で盗賊かと思うほど強かで泥臭く、なにより反骨心旺盛。矛盾するというか、相反する所があるんです」

「そうか？」

後半はともかく、前半部分はぴんと来ない。そう言うと、勢いよく反論が返って来た。

「そんなことありません。マーサさんは口は悪いけど凄く美人で、黙っていれば品がある
んです！　それだけではありません。性格はがさつなくせに、仕事は細やかでいつも完璧。

不愛想なくせに上にも下にも顔が広いし、喧嘩っ早いのに面倒見がとても――」

「褒めているのか、貶しているのか、どっちだよ！」

とりあえず一発、頭を叩いておく。

「いてて、貶してなんかいませんよ。裏と表、両方の魅力があると言いたいのです。そう、
ウィステリアみたいに」

「ウィステリア？　なんだそれ？」

「少し前に極東の島国から輸入された花です」

聞き馴染みのない名が出て、反射的に訊き返す。同僚は嬉しそうに顔を綻ばせた。

大概のことで目の前の同僚に、後れをとることはないだろう。だが、一点だけ例外があ
る。園芸だ。なにしろ同じ使用人でも、こいつは庭師だ。

「どんな花なんだ？」

取り立てて花に興味はないが、自分がたとえられては気になる。

「蔓性落葉木で、山野に自生するそうです。初夏になると淡紫色や白色の可憐な花を咲かせます。花は蝶のような形をしていて、それをシャンデリアのように長く垂れ下げて咲くんです。香りもよく、花房が風に揺れる様は蝶が舞っているようで……」

「なるほど。だが、もちろんそれだけではないんだろ？」

言葉を断ち切る様に訊き返す。放っておくとこの同僚、別世界に没入しかねない。

「あっ、そうなんです。このウィステリア、可憐な見た目とは裏腹に、とても生命力が強いんです。蔓をどんどん伸ばし、周囲の植物や木に巻き付き、時にそれらを痛めつけてしまう怖い一面も持っています」

「ふ～ん」

清濁合わせ持つ花。綺麗だが、他の植物にとっては邪魔者。そして生命力が強いということは、生き汚いということか。

思わず笑みが零れる。なるほど、相応しい花かもしれない。

「確かにウィステリアは、少々厄介で、育てるのにも手が掛かる花です。でも、ひたむきに生きようとする姿が素晴らしいのです」

こちらの気持ちを見透かしたかのように――間違いなく、そんなわけないのだが――、同僚はそう口にした。そして最後に、

「あたしは好きですよ、ウィステリアもマーサさんも」

満面の笑みでそう付け加えた。

「そうかね」

そう言って、俺は席を立つ。この同僚、本当に面倒臭い。こちらが面映ゆくなることを臆面もなく……。

「あれマーサさん、照れてます？」

「サラ、うるせえよ！」

「ウィステリア？」

そう口にすると、主人である女男爵（バロネス）は小さく首を捻（ひね）る。男装姿でありながら、その仕草はいかにも可憐だ。思わず口元が綻びそうになる。

主の部屋に紅茶を持って行ったついでに、昨日のサラとのやり取りを話した。

「知ってます？」

「ああ、少し前に社交界の場でも話題になっていた。とある酔狂な貴族が、一斉に垂れ下がる花の様子は圧巻の光景だと自慢していたよ。ただ、度々蔓が柱や建物に巻き付き、難儀しているとも言っていたな」

とある極東の島国では、その花を神聖な山と同じ名前で呼んでいることも教えられた。

「それにしてもマーサがウィステリアとは、言い得て妙だ」

くくっ、と何が可笑しいのか、楽しそうに笑う。

読みかけの本をテーブルに置き、主がティーカップに手を掛けた。それを確認してから、踵を返し、扉へ向かう。その背に声が掛かる。

「なあ、マーサ。ウィステリアの花言葉を知っているかい？」

振り返りながら、テーブルに置かれた本の表紙を思い出す。あれは確か、少し前に上流階級で流行っていた花言葉の本だった。

苦笑いしながら、首を横に振る。手に入れた知識を披露したいのは、子供と同じだ。

「ウィステリアの花言葉は、『歓迎』『決して離さない』『恋に酔う』」

どれも相応しくなくて、鼻を鳴らしてしまった。それを見た主は、ニヤリと笑って続ける。

「それから、『優しさ』と『忠実』だそうだ。サラもなかなか見る目がある」

そう言って口元を吊り上げると、最後にこう付け加えた。

「僕も好きだよ。ウィステリアの花もマーサも、ね」

この主従ときたら……。だから、俺も使用人らしく慎ましやかな笑顔で答える。

「姐さん、うるせえよ」

本書は、カクヨムネクストに連載された「女男爵の庭師（バロネスのガーデナー）」を加筆修正したものです。

内容はフィクションであり、実在の人物や団体などとは関係ありません。

◆参考文献

『ガーデニングとイギリス人――「園芸大国」はいかにしてつくられたか』（飯田 操／大修館書店）
『増補新装版 図説 英国貴族の令嬢』（村上リコ／河出書房新社）
『英国式庭園』（中尾真理／講談社）
『〈新装版〉園芸家の一年』（カレル・チャペック 著、飯島 周 訳／恒文社）
『教養としてのイギリス貴族入門』（君塚直隆／新潮社）
『英国王立園芸協会とたのしむ 植物のふしぎ』（ガイ・バーター 著、北 綾子 訳／河出書房新社）
『歴史の中の植物 花と樹木のヨーロッパ史』（遠山茂樹／八坂書房）
『旅するイングリッシュガーデン ―図説 英国庭園史―』（横 明美／八坂書房）

女男爵（バロネス）の庭師（ガーデナー）

しそたぬき

2025年１月15日　初版発行

発行者　山下直久
発　行　株式会社 KADOKAWA
〒102-8177　東京都千代田区富士見2-13-3
電話　0570-002-301（ナビダイヤル）

印刷所　株式会社暁印刷
製本所　本間製本株式会社
装丁者　西村弘美

定価はカバーに表示してあります。　◇◇◇

●お問い合わせ
https://www.kadokawa.co.jp/（「お問い合わせ」へお進みください）
※内容によっては、お答えできない場合があります。
※サポートは日本国内のみとさせていただきます。
※Japanese text only

ISBN 978-4-04-075632-5 C0193